누구에게도
상처받을 필요는 없다

누구에게도
상처받을 필요는 없다

지민석 지음

STUDIO:ODR

프 롤 로 그

1.

세상에 나 자신보다 중요한 것은 없습니다. 그런데 과연 진심으로 자신을 가장 중요하게 여기는 사람이 몇이나 될까요. 자신을 중요하게 여기지 않아 상처받는 순간이 우리에게 자주 찾아옵니다. '내가 가장 소중하다'라는 당연한 사실을 잊고 살기에 당연하지 않은 고통이 우리를 괴롭히도록 내버려두기도 합니다. 이제는 나를 사랑할 때라고 말하고 싶습니다.

타인의 감정이 아닌, 자신의 감정을 솔직하게 받아들여

야 행복해질 수 있습니다. 웃고 싶으면 웃고, 울고 싶으면 울고, 하고 싶은 말이 있으면 말하고, 화를 내고 싶으면 화내고, 아무런 대꾸도 할 힘이 없다면 침묵해도 좋습니다. 남을 신경 쓰느라 못 본 척 지나갔던 내 감정들을 더 이상 외면하지 않기로 해요. 무엇보다 나 자신을 사랑하는 일을 미루지 않기로 해요.

한 가지 기억해둬야 할 것이 있습니다. 살아가면서 우리가 관계 맺는 모든 사람이 다 나의 인연은 아니라는 사실이요. 그러니 관계에 너무 많은 감정을 낭비하지 않으셨으면 합니다.

얼굴 한번 마주한 적 없는 우리가 이 책을 통해 연이 닿았듯이 앞으로 또 수많은 사람을 만나고 알아가는 날이 올 테니까요.

2.

삶에 대한 막연한 걱정으로 위축되지 않길 바랍니다. 지금까지 그래온 것처럼 자신을 믿으면서 살아간다면 인생이 나쁘게만은 흘러가지 않을 테니 말이죠. 저는 그렇게 믿습니다. 아직 나의 계절이 오지 않았을 뿐이라고요. 시간은 계속 흘러가고 계절은 언젠가 바뀝니다.

차디찬 겨울이 지나면 따뜻한 봄이 다가와 꽃을 피우듯, 나의 계절도 때가 되면 가장 아름다운 꽃을 피운다는 믿음을 가졌으면 합니다. 그 믿음 하나만으로도 오늘을 살아가는 데 부족함이 없기를 바랍니다.

지금의 나를 믿으면서 하루하루 열심히 살아가다 보면, 내 삶에도 꽃이 피고 열매를 맺는 날이 반드시 찾아옵니다.

3.

힘든 계절 조심히 건너가시고,
다시 만나는 그날까지 아프지 마세요. 몸도, 마음도요.
멀리서나마 당신을 응원하고 있겠습니다.

겨울 냄새 가득한 작업실에서
지민석

차례

CHAPTER 2

지속하기 위해 멈추는 관계의 지혜

CHAPTER 3

무사히 오늘을 살아낸 당신에게

CHAPTER 1

삶이 동화 같진 않아도
내 삶이 그리 싫지 않아

삶이 동화 같진 않아도

"어렸을 때 꿈이 뭐였어?"

나는 어렸을 적부터, 그러니까 초등학교 입학도 하기 전부터 현실주의자였다. 누군가 내게 꿈을 물어도 스파이더맨이나 슈퍼맨 같은 영웅이라고 답하지 않았다. 이유는 단순했다. 그런 초능력자들은 영화에나 등장하는 인물이니까. 그래서 현실에서 내가 꿀 수 있는 가장 큰 꿈을 말했다. 대통령이 되고 싶다고.

"대통령이라니, 그땐 내가 참 순진했지."

이제 나는 친구들과 어린 시절 꾸었던 꿈을 안주 삼아 떠올리며 그 순진함을 비웃는 어른이 되었다. 살아보니 현실은 냉혹했다. 어린 나는 영웅과 대통령 중에서 더 '현실적'이라는 이유로 대통령을 선택했지만, 그 선택마저 비현실적임을 깨닫기까지 그리 긴 시간이 걸리지 않았다. 지금은 대통령은커녕 시의원에 도전하는 것도 평생 힘들다는 것을 안다.

유년 시절 순수한 마음으로 꿈꾸던 미래는 지금의 모습과는 사뭇 다르다. 나는 내가 서른 즈음엔 기품 있고 여유로운 어른이 될 줄만 알았다. 사회에 공헌하여 숭고한 위업을 달성한 어른이 될 줄만 알았다. 하지만 막상 눈앞에 펼쳐진 현실은 어설프고 조악하다. 늘 쫓기는 마음으로 하루하루를 버티느라 내 한 몸 챙기기 버겁다. 사회적 위업이라니 감히 엄두도 안 난다. 눈가에 주름이 생기고 흰머리도 가끔 보인다. 머릿속은 어릴 적 그대론데 몸만 정직하게 변했다. 실상은 그저 나이 먹은 어린애다.

우리는 매일매일이 전쟁 같은 오늘을 살아간다. 많은

것들이 빠르게 생겨나고 사라지는 통에 살아남기 위해서는 끊임없이 뭔가를 새롭게 배워야 한다. 예상치 못한 사건들이 나를 덮치고, 나는 그런 세상에서 중심을 잡느라 휘청인다. 아마 앞으로 내가 살아갈 삶도 어릴 적 그리던 동화처럼 찬란하게 펼쳐지지 않을 것이다. 하지만 나는 이제 그 사실을 겸허히 받아들인다. 대통령이 되어 역사에 이름을 남기는 것보다, 유권자로 남아 작은 일상을 지키기 위해 투표하는 삶이 나와 더 잘 어울린다는 사실을.

어릴 적 꿈꾸던 동화처럼 인생이 흘러가지 않더라도 나는 내 삶이 싫지 않다. 동화를 꿈꿨기에 가능한 일이 몇 가지 있다. 한때 세계적인 올림픽 금메달리스트가 되고 싶었던 아이는 취미로 운동을 꾸준히 즐길 수 있는 어른이 되었고, 슈바이처 위인전을 보며 감동하던 아이는 다양한 비영리단체에 정기적으로 후원하는 어른이 되었다. 그런 어른으로 자랄 수 있었던 까닭은 어쩌면 어릴 적 내 안에 작은 동화가 있었기 때문이 아닐까.

그래서 내 삶이 동화 같지 않아도 괜찮다, 그렇게 말하고 싶다. 어릴 적 품어왔던 작은 상상들은 다양한 가능성의 씨앗이었고, 결국 그 씨앗은 다른 형태로 열매를 맺어 지금의 나에게 다가왔기에.

나는 내 삶을 사랑하려고 노력한다. 무언가를 사랑한다는 것은 필연적으로 노력을 동반하는 일이다. 그 노력은 때론 나를 예상치 못한 풍경으로 데려간다. 내 삶을 있는 그대로 받아들이고 사랑하려 노력한다면, 어쩌면 나의 동화는 지금부터 새롭게 시작되지 않을까, 그리고 이 시작은 분명 나를 더 풍요로운 삶으로 이끌 것이다. 그런 기대감을 품어본다.

내 감정이 곧 '나'는 아니기에

사람은 감정에 종속적이다. 제아무리 이성적이고 합리적인 판단을 하는 사람일지라도 살아가면서 느끼는 모든 감정을 제어하기는 어렵다. 어떤 이들은 감정이 이성적인 판단을 방해한다고 여기지만, 나는 이성과 감정이 연결되어 있다고 생각한다. 이성적인 행동처럼 보여도 그 기저에는 감정이 작용하고 있다는 이야기다. 즉 이성을 현명하게 사용하기 위해서는 자신의 감정을 정확히 파악하고 다룰 줄 알아야 한다.

우리는 살아가는 거의 모든 순간 감정을 느낀다. 하지

만 그 감정이 부정적인 성격을 자주 띤다면 자신의 상태를 점검해보길 권한다. 부정적인 감정은 부정적인 판단과 행동으로 이어지기 쉽다. 그런데도 사람들은 대부분 하루 동안 자신이 느꼈던 감정을 되돌아보지 않는다.

'되돌아본다'는 행위는 당시 느낀 감정을 소환해 다시 느끼는 게 아니라 그 감정에서 한 발짝 떨어져 객관적으로 바라봄을 의미한다. 감정을 객관화하는 과정이 없으면 나쁜 방향으로 뻗어나가는 생각에 속절없이 끌려가 하지 않아도 될 생각까지 하게 된다. 나아가 부정적인 상태에서 내리는 스스로에 대한 판단을 진실이라고 여기기도 쉽다. 감정은 감정일 뿐, 실제도 나 자신도 아니다. 감정이 이끄는 대로 자신을 판단해선 안 된다.

만약 어떤 실수로 자책감이 너무 커 죽을 만큼 괴로운 하루를 보냈다면, 나는 '지금 내가 나를 괴롭히고 있구나' 하고 한 발짝 물러선다. 그리고 내 감정을 받아들인다. '가슴 아픈 거 이해해. 충분히 속상할 만한 상황이지.' 하지만 그 상태에서 내리는 판단을 타당하다고 여기진 않는다.

'그렇다고 내가 나를 괴롭혀도 되는 건 아니야. 이렇게 몰아붙여도 될 만큼 잘못하진 않았어.' 그리고 현재 느끼는 감정이 영원히 계속된다고 생각하지도 않는다. '이 감정은 곧 지나갈 거야.'

마음이 조금 진정되면, 오늘 내가 귀중히 여기지 못한 또다른 감정이 있진 않은지 살펴본다. 무수한 감정이 내 안에 있는데, 부정적인 감정만이 내 마음의 전부라고 여기고 그것만 바라보며 하루를 망칠 이유가 없다. 기쁘고 즐거운 일이 있었다면 그 순간의 기분을 잘 닦아 선반에 올려놓듯 보관하자. 너무 반짝 윤이 나서 바라보지 않고는 못 견딜 만큼. 그렇게 내 마음의 시선을 밝은 방향으로 가져오려는 의식적인 노력이 필요하다.

나는 나를 충분히 지켜낼 수 있다고 믿는다. 그러니 더 이상 부정적인 감정이 나를 휩쓸고 망가뜨리도록 내버려두지 않겠다.

현명하게 선의를 베푸는 연습

"요즘은 친절한 사람이 되는 게 꼭 좋은 일만은 아닌 것 같아."

"친절하면 만만하게 보는 사람이 많아서 그런가."

얼마 전 친구와 나눈 대화다. 사회생활을 하면서 만나는 사람들을 조금만 관찰해보면 알 수 있다. 필요할 때는 다급하게 고개를 숙이며 도움을 요청하던 사람이 문제가 해결되고 나면 언제 그랬냐는 듯 모른 척을 하고, 처음 한두 번은 진심으로 고마워하던 사람도 나중에는 호의를 당연하게 여기며 점점 더 무리한 부탁을 해온다. 항상 부탁을 들어주던 사람이 사정이 생겨 이번엔 어렵겠다고 말하면, 도움을 당연하게 여기던 이는 그때부터 거절한 사람을 매정한 성격의 소유자로 몰아간다.

"그렇게 안 봤는데 실망이네."

"별로 어려운 부탁도 아닌데, 우리 사이에 이 정도도 못 해줘?"

열 번 친절을 베풀어도 한 번 부탁을 거절하면 나쁜 사람이 되는 세상. 그만큼 우리가 살아가는 이 사회가 지극히 이기적인 사회로 바뀌어가고 있기 때문일까.

우리는 어릴 때부터 '착한 사람이 되어야 한다' '어려운 사람이 있으면 도와야 한다'와 같은 말들을 듣고 자랐지만 정작 나 자신을 위해 단호해지는 법을 배우지 못했다. 냉정한 눈으로 현실을 둘러보면 한쪽만 일방적으로 도움을 주고 다른 한쪽은 그 선의에 기생하는 관계가 대부분이다. 그런 관계에서까지 '착한 사람'이 되려고 노력하는 것은 자신에게 독이 되는 경우가 많다. 착한 사람이 되는 것과 호구가 되는 것을 구분하자는 말이다.

모든 사람에게 좋은 사람이 되려고 애쓰지 않아도 괜찮

다. '선의'라는 단어가 내뿜는 긍정적인 기운을 떠올리면 무조건 지녀야 할 당위처럼 느껴지지만, 때와 장소를 모르는 과한 선의는 나를 우스운 사람으로 만들 뿐이다. 손쉽게 타인을 이용하고 저버리는 이기심 가득한 사회에서는 착한 사람들이 더 난처한 일을 겪고 피해를 본다. 남을 위하느라 정작 자기 일을 챙기지 못하기도 하고, 무리하게 도움을 주려다 에너지를 모두 소진하기도 한다. 그 모든 상황을 감당할 자신이 없다면, 우선은 나와 내 곁에서 힘이 되어주는 사람들을 먼저 챙기면서 살아가자. 그래야 내가 덜 다치고, 덜 손해 보고, 덜 아쉬운 소리를 듣는다. 다른 사람이 나를 만만하게 대하지 않도록 단호해지는 연습을 해야 한다.

상대방의 기분을 좋게 해주겠다고 마음에 없는 말을 억지로 꾸며낼 필요도 없다. 상대방을 배려하는 마음에 선의의 거짓말을 한 것이겠지만, 아무리 좋은 의도라도 내 마음이 편하지 않다면 나에게 실례를 저지르는 일이다. 타인이 나를 함부로 대할 수 없게 하는 것도 노력과 연습이 필요하다. 이제는 나의 선의가 남이 아닌 나에게로 더욱 향했으면 한다. 나의 선의가 우습게 여겨지지 않도록 친절을 베풀 때와 장소를 가리는 것. 무엇보다 내 마음을 우선하는 것. 그것이야말로 이기적인 관계 속에서 살아남기 위한, 진짜 현명한 나를 위한 선의다.

너무 오래 고민하지 말 것

도전을 유난히 겁내는 사람들이 있다. 특히나 완벽주의 성향이 있는 사람들은 모든 목표를 완벽하게 완수해야 한다는 부담감에 작은 일조차 시작하기 어려워한다. 하지만 고민이 길어질수록 의욕보다는 두려움이, 해야 할 이유보다는 안 해야 할 이유가 늘어난다. 100퍼센트 준비된 상태란 없다. 20에서 시작하여 100으로 만들어나가는 과정이 있을 뿐이다. 만약 당신이 고민에 빠져 속절없이 시간만 보내고 있다면 꼭 전하고 싶은 말이 있다.

당신이 생각하는 것만큼 어렵지는 않다는 것.

처음엔 낯설고 어렵겠지만 금방 익숙해진다는 것.
내가 주춤거리는 사이에 다른 사람은 도전한다는 것.

잘해내지 않아도 좋다, 고민은 그만하고 일단 시작하자. 완벽한 타이밍을 따지는 사이 초기의 결심은 흐지부지해진다. 결과물이 불완전할까 봐 겁내지 않아도 된다. 명심하자, 처음을 '완벽하게 소화하는' 것보다 두 번째, 세 번째에 '잘 다듬어나가는' 것이 더 중요하다는 사실을.

아무것도 안 하고 후회하는 것보다 해보고 후회하는 게 낫다고들 한다. 나도 동의한다. 아무것도 시도하지 않으면 무기력한 감정만 남지만 무언가를 시도하면 최소한 실패의 경험이 남는다. 그리고 그 경험은 다음 도전을 더 전략적으로 접근할 수 있는 발판이 될 것이다.

고민이 길어질수록 의욕보다는 두려움이,
해야 할 이유보다는 안 해야 할 이유가 늘어난다.

100퍼센트 준비된 상태란 없다. 20에서 시작하여
100으로 만들어나가는 과정이 있을 뿐이다.

그때의 나에게는 그게 최선이었어

사람들은 보통 과거를 떠올리면 행복하고 만족스러운 일보다 후회되는 일이 많다고 말한다. 나 또한 솔직하게 말하자면 그렇다. 누구나 지나간 일이 후회스럽기 마련이다. 자신의 과거가 완벽하다고 말할 수 있는 사람은 아마 지구상에 없지 않을까.

어쩌면 인간의 마음 한편에는 어제보다 더 발전하고 성장하고 싶은 욕망이 자리 잡고 있는지도 모른다. 우리가 과거를 곱씹으며 더 나은 선택지가 있진 않았을지 상상하는 이유도 그러한 욕망 때문일 것이다. 반성은 인간이 성장하기 위한 첫걸음이다. 하지만 반성을 넘어 후회에 사로잡히는 것은 도리어 성장의 발목을 잡는다. 무엇이든 적당한 게 좋다. 과거를 떠올렸을 때 아쉬운 부분이나 고쳐야 할 점이 보인다면 후회로 감정을 낭비하지 말고 그것을 고치는 데 몰두했으면 좋겠다.

더 나아가 과거의 실수에 얽매여 '나는 정말 형편없는 사람이야…' 하며 자책하는 버릇도 그만두길 바란다. 자책은 현재를 개선하는 데 아무런 쓸모가 없을뿐더러, 자책이 지속되면 무기력의 우물에 갇혀 당신 혼자 빠져나올 수 없다. 후회가 깊어질수록 과거는 현재의 나를 갉아먹는다. 아쉬운 과거가 자꾸만 눈앞을 아른거린다면 이 사실을 기억했으면 좋겠다.

'아마 과거의 나에게는 그게 최선이지 않았을까?'

그래, 맞다. 아무리 현재의 시선에서 더 나은 선택지가 보인다 한들 그것은 당시에 내가 할 수 있는 최선의 행동이자 결과다. 그 결과가 만족스럽지 않다며 후회할 수 있다. 하지만 과거에 붙들린 채 탄식만 내뱉기보다 앞으로의 삶을 그려보길 바란다. 먼 훗날, 오늘 하루가 또 어떤 미래의 과거가 되었을 때 후회하지 않으려면 같은 실수를 반복하지 않도록 지금을 충실하게 살아내야 한다.

분명 필요한 시간이었다.
그 시간이 있었기에 지난날을 후회하는 지금의 나도 존재한다.

과거가 주는 것.
당신을 어제보다 더 나은 사람으로 만드는 밑거름이다.

불안하다는 건 잘 살고 있다는 증거

하루에도 수십 번씩 불안을 느끼던 시절이 있었다. 지금 하는 일을 과연 10년 뒤에도 계속할 수 있을까. 무슨 일이든 꾸준하고 성실하게 해나가다 보면 언젠가 빛을 본다는데, 그 말을 정말 믿어도 될까.

미래에 대한 걱정은 왜 자기 전에 한꺼번에 몰려오는지. 마음 편히 수면을 취한 지가 언제였는지도 까마득했다.

하지만 나를 더욱 괴롭게 만든 것은 크고 작은 삶의 문제를 껴안고도 흔들림 없이 살아가는 듯 보이는 타인의 존재였다. 모두가 자신에게 닥친 삶의 고비를 의연하고 능숙하게 헤쳐나가는 듯했다. 그렇게 나는 얼굴도 모르는 타인을 상상하고 그들과 나를 비교하며 조급해졌다.

그러던 어느 날 한 친구가 예상치 못한 말로 나를 다독였다. 그는 내가 두서없이 늘어놓는 고민을 찬찬히 듣더니 입을 열었다.

"지금 네가 느끼는 불안은 잘 살아가는 사람만이 느낄 수 있는 감정이야. 모든 사람이 다 너 같지는 않아. 네가 상상하는 것만큼 모두가 자기 삶을 치열하게 대하지는 않거든."

그가 내게 했던 말을 정리하면 이러하다. 분명 나처럼 삶의 방향을 의식하고 미래로 나아가려는 사람들도 있는 반면 아무런 계획도, 성장할 의지도 없이 자기 인생을 방치하며 사는 사람들도 널려 있다는 것이다. 그는 지금 내가 느끼는 이 불안함 또한 스스로를 사랑하고 신경 쓰기 때문에 생기는 감정이라고 말했다.

그는 "개인적인 생각일 뿐이야"라며 이야기를 마무리

했지만, 나는 그날 작은 위로를 받았다. 남들보다 뒤처져서가 아니라 다만 잘 살아가고 싶었을 뿐이라는 안도감에 불안을 조금 자연스러운 감정으로 받아들일 수 있었다. 그렇다고 모든 게 다 괜찮아진 것은 아니었다. 어제도 오늘도 여전히 불안의 연속이다. 하지만 나는 조금 더 나를 믿어보기로 했다. 친구가 했던 말처럼, 내 삶을 잘 꾸려나가고 싶은 마음이 있기에 불안이라는 감정을 느낄 수도 있으니까. 매 순간 걱정한다고 당장 달라지는 건 아무것도 없으니 불안은 오늘과 내일을 잘 살아갈 원동력이라고 생각하기로 했다.

지금 삶이 걱정되고 불안하다면 그것은
당신이 잘 살아가고 있다는 증거다.

사랑받기 위해 자신을 낮추는 사람들

남을 배려하려는 목적이든, 겸손해 보이려는 목적이든, 혹은 타인의 호감을 얻으려는 목적이든 스스로를 낮추는 일은 백해무익하다. 그러니 아무 때나 쉽게 저자세를 보이지 말자.

이러한 사람들의 특징 중 한 가지는 평소 미안하다는 말을 입에 달고 다닌다는 점이다. 심할 때는 하루에 열두 번도 더 사과를 한다. 대화 도중 말실수를 할까 봐 쉼없이 자신을 검열하고, 한순간이라도 상대방의 표정이 좋지 않으면 말릴 새도 없이 자신의 경솔함을 탓하며 미안하다고 말한다.

반면 칭찬은 그대로 받아들이질 못한다. 상대방이 가볍게 건넨 칭찬에도 큰 부담을 느끼고, "좋게 봐주셔서 감사해요" 정도의 인사로 기분 좋게 넘어가면 될 일인데도 극구 사양하고 마음속으로 자신은 그런 말을 들을 자격이 없다며 부인한다.

또한 그들은 부탁을 거절하는 것조차 어려워한다. 자신의 상황과 감정보다 타인의 상황과 감정에 더 신경을 쓰고, 만약 부탁을 거절하면 그 사람과 관계가 틀어질까 봐 두려워 무리해서라도 부탁을 들어주려 한다.

습관적으로 자신을 낮추는 것이 남들과 '원만한' 관계를 유지하려는 전략일 수는 있겠지만, '수평적인' 관계를 형성하는 데는 조금도 도움이 되지 않는다. 휘두르기 쉬운 상대를 호시탐탐 노리는 자들이 많다. 그런 이들의 첫 번째 타깃은 사랑에 목말라 '을'을 자처하는 사람이다. 그들의 그물망에서 벗어나기 위해서는 자신감 없고 유약한 모습을 섣불리 노출하지 않아야 한다.

무엇보다, 스스로를 저평가하는 상태가 지속되면 자존감이 저하된다. 자존감은 타인이 챙겨줄 수 없는 영역이기에 평소 자신을 잘 대우하면서 가꿔나가야 한다. 잘못한 게 없을 때는 빈말로도 사과하지 말자. 칭찬받았을 때는 기꺼이 받아들이자. 거절해야 할 때는 단호하게 거절하자. 타인에게 친절한 만큼 자신에게도 친절해졌으면 한다.

위로받을 수 없는 날
기분 전환하는 방법

우울한데 남에게 위로받을 수 없는 날이 있다. 남에게 털어놓자니 고민이 약점이 될까 두려워 아무에게도 찾아가지 못하는 날. 그런 날에는 우울을 떨쳐내기가 더욱 어렵다. 타인의 위로에 의지할 수 없을 때 나는 다음과 같은 방법으로 기분을 전환한다.

첫 번째로는 문제에 이성적으로 접근해보는 것이다. 나를 힘들게 하는 상황에서 한발 물러나 그 상황의 성격을 구분한다. 나의 힘으로 바꿀 수 있는 상황인가? 바꿀 수 있다면 문제 해결에 집중하고, 당장 해결할 수 없다면 더 이상의 생각을 중단한다. 내가 상황을 바꿀 수 없다는 사실 자체도 괴로운데, '할 수 있는 일이 없다'는 사실을 끊임없이 곱씹고 그것에 의미를 부여하면 스스로를 무능력한 사람으로 낙인 찍기 쉽다.

두 번째로는 나에게 안전한 공간을 찾아가는 것이다. 꼭 사람들 곁일 필요는 없다. 실용성과 상관없이 내가 좋아하는 물건들로 채워진 장소를 자기만의 공간에 작게 마련하거나 반려동물이 있다면 그들이 건네는 몸짓과 숨결에 마음을 맡기고 긴장을 느슨하게 풀어준다. 편안한 분위기의 조명을 설치한 후 좋아하는 음악을 듣는 것도 단순하지만 효과가 좋은 방법이다.

세 번째로는 평소에 하지 않았던 일을 하는 것이다. 방의 배치를 바꾸거나 한 번도 청소한 적 없던 곳을 청소하는 등 분주히 할 일을 만든다. 몸을 움직이는 것은 잡념을 쫓아내는 데 도움이 된다. 평소 눈여겨두었지만 바빠서 방문하지 못한 디저트 가게를 들르거나, 어릴 적부터 배우고 싶었던 취미 활동을 시작한다.

이 모든 노고가 번거롭게 느껴진다면 가까운 공원으로 나가 눈앞에 보이는 풍경을 바꾼다. 마음은 육체의 자극에 영향을 받는다. 스스로 감정을 통제하기 어렵다면, 현재 있는 공간에서 벗어나 몸에 새로운 정보를 받아들인다.

결론적으론 빨리 그 감정에 벗어나려고 의식적인 노력을 기울이자. 나쁜 생각에는 중독성이 있어서 상념을 가져본들 당장 해결되는 건 없고 괜한 걱정만 키울 뿐이다. 반면 나를 위해 뭔가를 한다는 행위가 주는 긍정적인 힘은 크다. 적극적으로 긍정적인 힘의 흐름을 만들고 그 흐름 속에 자신을 내맡기자.

내가 나를 좋아할 수 있도록

언젠가부터 잠들기 전에 꼭 하는 일이 있다. 하루를 돌아보며 나 자신을 칭찬해주는 것이다. 과거의 나는 피로가 쌓일 대로 쌓여 쓰러지듯 침대에 누워도 꼬리를 무는 잡생각에 쉬이 잠들지 못하고 뜬눈으로 아침을 맞곤 했다. 불면증이 차츰 심해져 일상에 지장을 주기 시작할 무렵 해결책을 찾던 나는 한 가지 방법을 시도해봤다. 아주 사소한 일일지라도 무언가 해낸 것이 있다면 스스로를 칭찬하는 것이다. 잠이 오지 않을 때는 양을 세라는 오래된 조언도 있지 않나. 어쩌면 그런 효과를 막연히 기대했던 것 같다.

자기 전에 꼭 무언가를 생각해야 한다면, 아직 일어나지 않은 일을 걱정하기보다 나에게서 좋은 면을 찾아내고 격려하는 쪽을 택했다. 처음엔 생각만큼 잘되지 않았다. 입 밖으로 내뱉는 것도 아니고, 머릿속으로 스스로를 칭찬하는 건데도 영 어색하고 민망했다. 꼭 누군가 옆에서 내 속마음을 듣고 있는 것만 같았다. 타인을 칭찬하는 것만큼 나를 칭찬하는 연습도 필요하다는 사실을 그때 처음 느꼈다.

작은 일부터 시작했다. 귀찮음을 극복하고 오늘 할 일을 끝낸 것부터 도움이 필요한 친구를 발 벗고 도와준 일, 아무리 생각해도 칭찬할 거리가 없을 때는 그냥 오늘 하루를 무사히 마친 일까지… 처음 몇 번의 민망함을 극복하고 나자 그 시간은 복잡한 하루 중 나에게 평온을 가져다주는 소중한 순간이 되었다. 수면의 질이 한결 높아졌을 뿐만 아니라 싱겁고 밋밋하게만 흘러간 줄만 알았던 오늘을 달리 보는 법도 익히게 되었다. 그런 사소한 습관이 쌓이자 마음의 중심이 견고해짐을 느꼈다. 마음의 중심이란 대단한 업적을 이뤄야 견고해지는 게 아니었다. 사소한 일일지라도, 시간을 내어 나를 긍정하는 나날이 쌓일 때 견고해지는 것이었다.

남이 나의 장점을 발견할 때가 아니라 내가 나의 장점을 발견할 때 자존감이 높아진다. 타인의 평가에 기대지 말고 내가 나에게서 좋아하는 면을 계속 찾아야 한다. 그러니 아주 사소한 일일지라도 자주 자신을 칭찬해주길 바란다. '쉽게 지나간' 하루는 없다. 이 하루를 무사히 마치기 위해 당신은 분명 애를 썼다. 짧게라도 나에게 집중하는 시간을 가지고, 결코 평탄하지 않았을 오늘 하루를 보내느라 고생했다고 스스로 다독여주자. 그 시간 끝에서 언제나 내가 가장 소중하다는 사실을 기억하기를.

남이 나의 장점을 발견할 때가 아니라
내가 나의 장점을 발견할 때 자존감이 높아진다.
타인의 평가에 기대지 말고
내가 나에게서 좋아하는 면을 계속 찾아야 한다.

1도만 일상이 달라져도

우리는 지금 당장 세상을 바꿀 수 없다. 또한 지금 당장 인생의 방향을 바꿀 수도 없다. 하지만 일상이라면, 일상은 작은 노력을 기울이는 것만으로도 방향을 바꿀 수 있다. 만약 누군가 당신에게 '일상을 좋은 쪽으로 변화시키기 위해 무엇을 해봤냐'라는 질문을 한다면, 당신은 어떤 대답을 하겠는가. 선뜻 답할 수 없는 사람들에게 도움이 되길 바라는 마음으로 내가 실천하는 몇 가지 노력들을 짧게나마 소개해본다.

첫 번째로는 거대한 성취가 아닌 작은 성취감을 얻으려

노력한다는 것이다. 과거의 나는 천성이 게으른 탓에 금방 처리할 수 있는 일도 나중으로 미루다 기한이 닥쳐서 후회하곤 했다. 초조함, 조급함 같은 부정적인 감정을 일상적으로 경험하고 스스로에 대한 불신과 실망을 쌓다 보면 자존감이 낮아진다. 나는 이러한 악순환을 끊고 싶어 사고의 패턴을 바꾸었다. '쌓인 일을 오늘 안에 다 끝내자!'가 아니라 '자리에 앉아 15분만 해보자'라는 생각을, '책을 많이 완독하자!'가 아니라 '잠들기 전 열 페이지만 읽자'라는 생각을 가졌다. 장대한 목표를 작은 단위로 나누어 계획을 세우니 실천하기 훨씬 수월해졌다. 계획한 일들을 모두 지켜낸 날은 엄청난 뿌듯함을 느꼈다. 이러한 생활이 습관이 되자 어렵고 복잡한 일도 예전보다 가벼운 마음으로 해낼 수 있었다. 그렇게 얻은 성취감은 내가 스스로에게 확신을 가지도록 힘을 실어주었다.

두 번째로는 건강에 신경을 쓴다는 점이다. 건강은 생활 전반에 영향을 미친다. 나 역시 내 몸을 방치해오다가 얼마 전부터 체력을 키우기 위해 유산소 운동과 근력 운동을 시작했다. 또한 균형 잡힌 식단을 유지하며 체중 관리에 힘썼다. 예전에는 조금만 잠이 부족해도 쉽게 피로감을 느꼈는데, 운동을 시작한 후로는 하루이틀 정도 일상의 루틴에서 벗어나도 쉽게 지치지 않았다. 몸이 건강해지면서 점점 생활에 자신감이 붙었다. 작은 갈등에도 쉽게 흔들리고 초조해하던 내가 몸과 마음에 여유가 생기면서 차분하고 느긋한 성격으로 바뀌었다.

세 번째로는 신체의 건강과 함께 내면의 건강도 챙기는 것이다. 글을 쓰는 일이 직업인 나는 당연히 책을 가까이 두고 살지만, 글을 쓰지 않는 이에게도 취미생활로 독서를 추천하곤 한다. 독서는 타인의 세계를 접하면서 나의 세계를 넓히는 일이다. 독서가 아닌 다른 활동으로 견문을 넓혀도 좋다. 평소 배우고 싶은 것이 있지만 망설여왔다면 딱 1개월만 해보자는 마음으로 시작하라. 무엇이든 시작하는 것이 중요하다. 고민이 길면 두려움만 늘어날 뿐이다. 새로운 세계가 눈에 들어오기 시작하면 삶에 활력이 생긴다.

마지막으로, 자신을 끊임없이 돌아보는 것이다. 무심코

내뱉은 한마디로 남에게 상처를 주진 않았는지, 혹은 직장이나 인간관계에서 과중한 역할을 해내느라 무리하진 않았는지. 지금 내 기분은 어떠한지. 자신의 상태를 객관적으로 돌아보고 파악하는 자만이 스스로에게 건전한 피드백을 줄 수 있다. 잘못된 부분은 과감하게 고치고 잘한 부분은 아낌없이 칭찬하는 습관을 들이자.

변화는 결코 어려운 일이 아니다. 이렇게 작은 노력부터 기울이면 된다. 똑같은 하루를 보내더라도 흘러가는 대로 사는 사람과 자기 일상을 잘 운용하는 사람은 품고 있는 가능성이 다르다. 1도만 일상이 움직여도 10년 후엔 전혀 다른 장소에 서 있을 것이다. 변화를 미루지 말자. 지금 바로 시작하라.

질투심이 나를 집어삼키지 않도록

그 어떤 것보다 뜨겁게 타오르지만 절대 남에게 솔직하게 내비칠 수 없는 감정. 바로 질투심이다. 누군가는 나의 어떤 부분을 질투할 것이다. 만약 그렇다면 감사한 일이다. 질투와 동경은 한 끗 차이라, 관점을 달리하면 내가 누군가에게 닮고 싶은 사람으로 비춰진다는 말이기도 하니까.

하지만 반대로 내가 남몰래 질투하는 대상도 여럿 있었다. 나는 질투가 나의 내면을 갉아먹는다는 사실을 알면서도 그 허기진 감정에서 쉬이 벗어나지 못했다. 어떤 부정적인 감정 중에서도 질투심을 다루는 것이 내겐 가장 어려운 과제였다.

예전의 나는 질투심이 끓어오를 때마다 끙끙 앓았다. 질투하는 나 자신이 초라해 보였고, 자존감은 끝없이 추락했다. 하지만 언제까지나 자괴감에 빠져 있을 순 없는 노릇이었다. 나를 미워하지 않기 위해서라도, 타인의 삶에서 시선을 거두고 내 삶을 제대로 살기 위해서라도 이 감정을 이겨내자고 다짐했다. 물론 쉽진 않았다. 감정을 이기는 게 어디 쉬울 리가.

시행착오 끝에 나는 내가 왜 질투를 느끼고 때로는 열등감으로 치닫는지 고민하기 시작했다. 생각해보면 질투심은 인간의 당연하고 자연스러운 감정이었다. 내색하지 않는 사람이 있을 뿐, 인간은 생존을 위해 본능적으로 남을 동경하고 부러워하면서 발전해온 존재다.

질투심의 기능을 이해하고 잘 다룰 수 있다면 폭발적인 성장을 이룰 수 있다는 사실을 차츰 깨달았다. 질투심을 타인을 시기하고 끌어내리는 데 쓰지 않고, 나를 발전시키는 기폭제로 사용할 수 있었던 것이다. 질투심을 잘 활용하기 위해서는 질투심에 집어삼켜지지 않아야 했다.

나보다 경력이 뛰어난 사람에게 질투를 느낄 때면 그가 초심자였을 때 지나왔을 과정을 상상했다. 그들도 나처럼 열정만 앞서고 서툴던 시절이 있었을 것이다. 이제 출발선에 선 나는 무수한 가능성을 지닌 동시에 그들이라는 목표가 있었다. 내가 뛰어넘고 싶은 사람이 가까이 있다는 사실에 감사했다. 그들이 있어서 현재 나의 능력에 안주하지 않고 향상심을 가질 수 있었다.

동료나 후배에게 질투를 느낄 때면 나만의 장점, 나니까 할 수 있는 것들을 찾아냈다. 다른 누구도 아닌 나라서 빛나는 지점들 말이다. 내가 따라잡을 수 없는 타인의 특성이 있듯이, 다른 사람이 흉내 낼 수 없는 나의 개성 또한 분명 존재했다. 다만 내가 보려 하지 않고 알려 하지 않았을 뿐이다.

창문을 열어 환기해야 맑은 공기를 마실 수 있는 것처럼, 마음 또한 수시로 창문을 열어줘야 맑은 상태를 유지할 수 있다. 마음의 환기가 필요할 땐 마음의 문을 열어라. 질투를 오랫동안 마음속에 담아두면 공기에 떠도는 해로운 입자의 존재를 눈치채지 못한 채 마음이 병든다. 타인에게 자극받는 것은 좋지만, 자극이 타격이 되어 나를 멍들게 하지는 않는지 경계해야 한다.

질투심은 여전히 방심하는 사이 내 마음을 파고든다. 오늘 물을 마셨다고 한들 평생 목이 안 마를 순 없는 것처럼 이 갈증과도 같은 감정은 잊을 만하면 내게 다시 찾아올 것이다. 하지만 한번 목을 축여본 사람은 또다시 갈증을 느끼더라도 당황하지 않고 침착하게 물을 마셔 목을 축인다. 어려운 게 아니다. 질투심을 인정하고 활용하되, 나의 강점을 발견하고 인정하는 일도 잊지 않길 바란다.

비참해지거나 교만해지거나

사회 초년생 때 한 친구를 알게 되었다. 그는 성장을 가장 중요한 가치로 여기는 사람이었다. 그와 동고동락하면서 나도 자연스레 '성장'이라는 단어를 입에 달고 다녔다. 그를 만나기 전 내 인생을 돌아본다면 나는 분명 성장했다고 생각한다.

그는 사업가다. 몇 년 전 시작된 그의 작은 사업체는 성장을 가장 중요하게 여기는 그의 신념을 대변하듯 해를 거듭할수록 몸집을 불리더니 지금은 어느덧 중견기업을 바라보고 있다. 누군가 나에게 성장이라는 단어와 가장 어울리는 사람을 묻는다면 나는 분명 그의 이름을 말할 듯싶다.

한번은 그와 식사하면서 축하의 말을 전했다.

"너 진짜 대단해. 이 업계에서 대체할 수 없는 사람이 된 것 같아. 감히 누굴 너와 비교할 수 있을까."

그는 내 말을 듣고 잠시 생각하는 표정을 짓더니 입을 열었다.

"나는 굳이 남들과 나를 비교하지 않아. 물론 나보다 더 앞서가는 사람도 있고 뒤따라오는 사람들도 있겠지. 그런데 '비교'로 이행시를 하면 '비참해지거나 교만해지거나'래. 누가 지나가듯 해준 말인데 오랫동안 마음에 남더라."

친구는 처음 그 말을 들었을 때 '이게 무슨 말장난이지' 싶었다고 한다. 하지만 사업을 확장하면서 위험을 감수해야 하는 순간이 많아지자 그 말이 새롭게 다가왔다. 뒤늦게 출발한 경쟁자들의 등장으로 마음이 흔들릴 때마다 '비교하면 비참해지거나 교만해진다'라는 말을 되새기며 자신의 판단을 밀고 나갔다는 것이다.

신선하고 충격적이었다. '비교하면 비참해지거나 교만

해진다'라는 말도 기억에 남았지만 더욱 인상적인 것은 친구의 태도였다. 내가 아는 사람 중에서 가장 진취적이고 이룬 것이 많은 사람이 저렇게 겸손한 말을 하다니. 알량한 성공에 취해 타인을 깔보고 거만하게 구는 사람이 세상에 널렸는데도 말이다. 자신을 과시하지 않는 사람이야말로 독보적인 위치에 오른다는 것을 나는 그때 절실히 느꼈다.

그날 친구가 해준 말을 되새기며 나도 마음을 다잡는다. 타인과 나를 비교하지 않으면 비참해지는 일도 교만해지는 일도 없을뿐더러 주변의 존경을 얻는다. 나와 남을 비교하지 않을 때 비로소 누구와도 비교할 수 없는 유일한 존재가 될 것이다.

나를 사랑하는 구체적인 방법

요즘 여러 매체에서 흔히 다루는 주제 중 하나가 '나를 사랑하기'다. 소셜미디어를 떠돌다 보면 이러한 주제의 강연 영상을 접하고 무심결에 재생 버튼을 누르곤 한다. 자신을 멘탈 관리 전문가라고 소개하는 이들이 입을 모아 나를 사랑하는 일의 중요성을 강조하는데, 그 내용이 꽤 와닿아 열심히 봤다. 그런데 정말 보기만 했다. 정작 실천은 아무것도 하지 못했다. 다짐만으로 뭔가가 바뀌기에는 '나를 사랑하자'라는 표어가 너무 막연했나 보다.

어떤 행동이 구체적으로 나를 사랑하는 일인지 고민하

다 다음과 같은 생각에 다다랐다.

사랑하는 상대에게는 내가 가진 가장 값진 것을 내어주고 싶어진다.

그렇다면 내가 나를 위해서 해준 일이 뭐가 있을까?

기억을 더듬어봤지만 나에게 뭔가를 투자하거나 이렇다 할 선물을 준 적은 없는 것 같았다. 항상 나보다 남을 먼저 챙겼다. 친구나 가족에게 쓰는 돈은 아깝지 않은데 정작 내가 입을 옷 한 벌을 살 때는 손을 벌벌 떨며 카드를 내밀곤 했다.

그 사실을 깨닫자마자 좋은 옷 한 벌을 샀다. 그 전까지는 아무리 디자인이 마음에 들고 기능성이 좋아도 집에 있는 옷을 굳이 더 살 이유가 없다고 여겼다. 내가 물건을 구매할 때의 기준은 언제나 '필요한가, 아닌가'였다. 없으면 불편한 것, 다시 말해 쓸모가 명확한 물건만 샀다. 하지만 선물은 꼭 필요하지 않더라도 오직 상대의 기분을 좋게 해주기 위해 살 수도 있었다. 쓸모가 선물의 전부는 아니기에. 나에게 선물을 주고 나니 내가 대접받아 마땅한 사람이 된 기분이었다.

그다음 달에는 헬스장을 등록하고 식단 관리를 시작했다. 앉아서 하루를 보내는 날이 많은 터라 건강이 나빠져 감을 느끼던 시기였다. 하지만 굳이 비용을 들여 건강을 관리한다는 것이 부담스러웠고, 바쁜 와중에 시간을 낼 자신도 없었다. 친구를 만날 땐 돈도, 시간도 잘만 쓰면서 정작 내 건강을 지키는 일은 번거롭다는 이유로 등한시했다.

어린 자식을 챙기는 부모의 마음으로 내 몸을 대하기로 했다. 채소며 견과류며 온갖 몸에 좋은 음식들을 아이에게 먹이고 아이를 위해서라면 어떤 수고로운 일도 마다하지 않는 부모의 정성으로. 내가 건강해지면 가장 득을 보는 사람은 결국 나였다.

약속을 줄이고 혼자 있는 시간을 차츰 늘려갔다. 사랑하면 누가 시키지 않아도 시간을 쓰게 된다. 상대방을 궁금해하고 걱정하고 대화를 나누고 싶어 한다. 그래서 무수한 알람으로 어수선한 핸드폰을 내려놓고 나 자신과 소통하는 시간을 가지기로 했다. 오늘 어떤 일로 기뻐하고 아파했는지, 하고 싶었지만 미처 꺼내지 못한 말은 뭐였는지 스스로에게 물었다. 떠오르는 모든 고민들을 당장 해결할 수는 없었지만, 그 과정을 통해 적어도 내가 어떤 사람인지 더 잘 이해하게 되었다.

나를 위해서 어디까지 할 수 있을지는 솔직히 잘 모르겠다. 하지만 내 목소리에 귀 기울이고 다친 곳은 없는지 수시로 살펴보는 일을 앞으로도 게을리하지 않으려 한다. 나를 구체적으로 살피고 돌보는 일이 곧 나를 사랑하는 가장 확실한 방법임을 이제는 알고 있으니까.

궁금하다. 당신은 자신을 위해 지금 무얼 하고 있는지.
그리고 앞으로 어떤 것을 자신에게 선물하고 싶은지.

실수해도 괜찮아

실수투성이인 하루를 보냈다고 해서 인생이 끝난 건 아니다. 누구나 처음 살아가는 인생이다. 사람은 언제나 실수를 한다. 위인으로 추앙받는 이들 중에서도 실수 한 번 안 해본 사람은 없다. 당신이 특별히 못나서가 아니다.

넘어지는 순간이 있으면
다시 일어서는 순간도 있기 마련이고

좋지 못한 일들로 온종일 힘든 날이 지나가면
좋은 일들로 온종일 행복한 날도 찾아온다.

그러니 나를 괴롭게 하는 하루의 작은 오점을 마음에 담아두지 말고 그때그때 흘려보내는 시간을 갖기를 바란다. 간혹 실수를 인생의 실패처럼 여기는 이들을 만나면 안타깝다. 실수는 그저 오늘 하루를 이루는 무수한 순간 중 하나일 뿐이다. 결코 당신의 인생을 결정지을 수 없다.

나의 실수를 손가락질하는 이는 남보다 나 자신일 때가 더 많다. 설령 누군가 당신을 몰아붙인다고 해도 그 말에 움츠러들 필요 없다. 타인의 손가락을 거둘 수는 없어도 내 손가락은 내가 거둘 수 있고, 타인의 비난을 막을 수는 없어도 그것이 내 삶을 휘두르게 할지 말지는 당신이 결정할 수 있다.

자신을 탓하느라 밤잠을 뒤척이는 당신에게 다시 한번 전한다.

"실수해도 괜찮아요."

넘어지는 순간이 있으면
다시 일어서는 순간도 있기 마련이고

좋지 못한 일들로 온종일 힘든 날이 지나가면
좋은 일들로 온종일 행복한 날도 찾아온다.

처음은
서투를 수밖에

누구나 처음 살아보는 인생이다. 갑작스레 장애물에 부딪히면 휘청이는 게 당연하다. 처음부터 능숙하게 헤쳐나가는 사람이 어디 있겠는가.

어린아이가 씩씩하게 뛰어다니기까지 걷는 연습이 필요하고, 걸어다니기까지는 서 있는 연습이 필요하고, 서 있기까지도 기어다니는 연습이 필요하다.

당신이 지금 자연스럽게 해내는 일들을 떠올려보자. 회사에서 복잡한 업무를 단시간에 처리하는 것, 대중교통을 이용하는 것, 책을 읽는 것, 젓가락질을 하는 것 등 아무리 사소해 보이는 일일지라도 반복된 연습이 있었기에 가능하다. 지금 조금 미숙하다 한들 어떠한가. 앞으로 더 잘해낼 일만 남았는데 말이다.

세계적인 패션 디자이너도 옷을 만들기 위해 바느질부터 배운다. 이름만 대면 누구나 아는 요리사도 맛있는 음식을 만들기 위해 냄비에 물 올리는 법부터 배운다. 서투른 솜씨에 손가락이 찔리고 데여도 그 자리에 연고를 바르고 다시 자기 자리에 섰을 것이다. 고통스러운 시간이 선사할 눈부신 미래를 믿고 꾸준히 자신을 단련한 끝에 그 자리에 오른 것이다.

지금 당신에게 어떤 '처음'이 찾아왔는지 궁금하다.

모두가 저마다 시작의 순간을 지나고 있을 것이다. 자신의 부족함을 매 순간 절감하고, 이 길이 맞는지 의심하면서 불안한 눈으로 주변을 두리번거릴 것이다. 그럼에도 좌절하지 말고, 실패에 가로막히지 말고 이 순간을 믿으며 한 발 한 발 걸어나가자.

완벽한 사람은 없다. 모든 사람이 서투르다. 다만 힘겨

워도 다음 한발을 내딛는 사람은 먼 훗날 빛나는 자신과 당당히 마주하게 된다. 혹시 아는가, 당신도 당신이 선망하는 누군가의 '바느질 시간'을 지나고 있는지도.

경험이 차곡차곡 쌓이고 처음 마주했던 거대한 벽이 문이었다는 사실을 알게 될 즈음, 당신은 세상을 향해 '그 시간은 지금의 내가 되기까지 필요한 시간이었다'라고 말하고 있을 것이다.

존경받는 사람의 특징

유독 타인의 존경을 사는 이들이 있다. 그런 사람들은 특별히 자신이 잘났다고 으스대지 않고, 가진 것을 뽐내지도 않는다. 자신의 성취를 떠벌리지 않아도 사람들은 자연스럽게 그의 매력을 알아보고 주위로 몰려든다. 이렇게 사람을 매료시키는 이들에겐 몇 가지 특징이 있다.

첫 번째로는 자립심이다. 습관적으로 남에게 기대거나 책임을 회피하고자 결정을 타인에게 맡기는 사람들과 달리 이들은 자신의 일을 스스로 결정하고 끝까지 완수한다. 직장에서도 동료에게 뭔가를 부탁하거나 피해를 주는 일이 거의 없다. 마찬가지로 동료가 먼저 도움을 청하기 전까지는 섣불리 간섭하거나 충고하지 않는다. 자립심이 강한 만큼 타인의 영역도 존중하기 때문이다.

두 번째 특징은 예의다. 정확히 말하면 '약자에게 지키는 예의'다. 누구나 자기보다 강한 사람, 윗사람에게는 예의를 차린다. 하지만 어떤 이들은 자기보다 지위가 낮거나 얻어낼 이익이 없다고 판단하면 무례하게 굴고, 심한 경우 폭언까지 일삼는다. 강한 사람에겐 약하고 약한 사람에게 강한 태도, 이른바 '강약약강'은 졸렬한 사람이나 하는 짓이다. 존경받는 이들은 오히려 약한 사람과 마주할 때 무심코 실례를 저지르지 않도록 더 세심히 자신을 경계한다. 비굴한 친절이 아닌 절제되고 단련된 예의다.

세 번째 특징은 바로 무관심이다. 조금 더 설명하자면 '건강한' 무관심이다. 이들은 남들의 성패에 딱히 관심이 없다. 남이 성공한다고 배 아파하지도, 남이 실패한다고 기뻐하지도 않는다. 오직 자신에게 맞는 목표를 세우고 실현하는 것에만 집중한다. 남 얘기로 허기를 채울 시간에 자기 삶을 한 번 더 돌아본다.

마지막 특징은 자기 계발을 한다는 것이다. 이들은 어제보다 더 나은 사람이 되기 위해 자신을 가꾸려 노력한다. 누가 시키지 않아도 꾸준히 취미 활동을 하고, 배움에 관심이 많아 틈만 나면 새로운 분야를 공부한 뒤 업무나 일상생활에 적용한다. 자신을 가꾼 결과는 어떤 식으로든 티가 나기 마련이다. 이들이 발산하는 삶의 에너지는 곁에 있는 사람들에게도 활기를 준다.

결국 이들은 삶의 중심을 자신에게 둔다. 겉모습이 화려하지 않아도 내면이 성숙하고 단단한 기백으로 가득 차 있다.

비싼 옷을 걸친다고 선망받는 사람이 되는 것이 아니다. 흔하고 평범한 옷을 걸치더라도 옷걸이에 태가 나면 사람들은 멋을 알아보고 그 스타일을 따라갈 것이다.

책 임 감 의 무 게

책임감은 내 삶에서 뭔가를 결정할 때뿐만이 아니라 타인 혹은 세상과 관계를 맺을 때도 필요한 자세다. 나는 집단의 분위기에 영향을 받지만, 나 또한 집단의 분위기에 영향을 주기 때문이다. 그래서 나는 내 행동이 집단에 어떤 결과를 불러올지 숙고하고 세심하게 말하려 노력하는 편이다. 내 경솔함으로 상처받거나 곤란해지는 이가 없도록.

하지만 간혹 자신이 주변에 어떤 영향을 미칠지 생각하지 않고 행동하는 책임감 없는 사람들을 마주한다. 가령 여러 사람과 진행하던 프로젝트가 잘못되면 곧장 발을 빼며 다른 사람 탓을 하고, 잘되면 무조건 자신의 성과로 돌리는 사람이 그렇다. 이들은 동료에게 '이러다 내 공마저 빼앗기는 거 아냐?' 하는 불안을 부추겨 경쟁하지 않아도 될 상황까지 경쟁의 자리로 만든다. 결과적으로 그 집단은 서로가 서로를 불신하며 적으로 간주해 누구에게도 의지하지 못하는 외로운 전쟁터가 된다.

자기 역할은 다하지 않으면서 다른 사람을 채찍질하고 성과만 바라는 사람도 집단에 악영향을 미친다. 채찍질이 일시적으로 업무 효율을 높여줄 순 있지만, 채찍질당하는 당사자는 과중한 업무에 시달리다 자신만 열심히 일하고 있다는 생각에 억울함을 느낀다. 가까이해서 좋을 게 하나 없는 사람이지만 생계가 달린 경우 내 마음대로 멀어지기도 힘들다. 그렇게 되면 조직에 대한 애정을 점점 내려놓고 호시탐탐 떠날 기회만 노리게 된다. 어차피 떠날 곳이라 여기니, 열심히 일할 의욕도 사라진다.

이렇듯 자기 일에 대한 책임감이 부족하면 그 피해는 주변 사람이 고스란히 떠안는다. 책임감의 부재가 얼마나 해로운 일인지 알았다면, 그다음 해야 할 일은 내가 바로 그 '책임감 없는 사람'이 아닌지 되돌아보는 것이다. 나 역시 자주 스스로에게 질문을 던진다. 지금 내가 들고 있는 책임감은 무거운지, 가벼운지. 남을 배려하지 않고 내 이익만 챙기기에 급급하진 않은지, 남에게 일을 떠맡기고 성과만을 강요하고 있지는 않은지. 그렇게 스스로를 되돌아보는 것이 책임감을 갖추기 위한 첫 번째 단계일 것이다.

모든 말을 예민하게 듣지 말자

타인이 툭 던진 한마디를 온종일 신경 쓰는 사람들이 있다. 그들은 사소한 말도 가볍게 지나치지 못한다. 상대방의 말에 조금이라도 가시가 돋아 있다고 느끼면 몹시 초조한 상태가 된다. 밥을 먹다가도 잠을 자다가도 그날 들었던 말을 계속 곱씹고, 심지어 다음 날까지 그 말을 떠올리다가 다른 일에 집중할 에너지마저 빼앗기고 만다.

'나는 왜 이렇게까지 남의 말 한마디에 전전긍긍할까?'

이러한 사람들은 대체로 남이 나를 어떻게 생각하는지에 집착하는 경향이 있다. 상대방이 자신을 좋아하는지,

아닌지를 매 순간 의식하고 상대방의 작은 행동에도 의미를 부여하는 것이다. 그래서 평소 자신을 안 좋아한다고 느끼던 사람과 대화를 나눌 때면 말 뒤에 숨겨진 '진짜 의도'를 찾아내려 한다. 오랜 시간을 고민한 끝에 마침내 '아, 그 말이 사실은 비꼬는 말이었네' 하며 혼자 결론을 내리고, 그 결과 상대방에게 분노하거나 스스로를 미워하는 지경에까지 이른다.

하지만 상대방과 가까워지고 그가 가진 성향과 배경을 이해하고 나면, 뒤늦게 그에게 별다른 의도가 없었음을 알아차리기도 한다. 그가 과거에 했던 말이 은근히 비꼬거나 당신을 상처 주기 위해서 한 말이 아니라, '말 그대로의 말'이었음을 깨닫는 것이다. 무엇보다 그는 애초에 당신의 생각만큼 당신에게 관심이 없었을 가능성이 크다.

타인의 말에서 부정적인 신호를 찾는 것이 습관이라면, 말을 있는 그대로 받아들이는 연습을 해야 한다. 부정적인 신호를 발견해도 생각을 키우지 말고 중단하라. 한두 번 비꼬는 말을 들었다고 모든 사람을 의심하고 날을 세우면 결국 당신은 외로워진다.

설령 누군가 당신에게 간접적으로 불만을 표현했다 하더라도, 당신이 '눈치껏' 그 의도를 알아차려줄 의무는 없다. 확실하게 의사를 전달하지 못한 상대방이 표현 방식을 바꿔야 할 일이다. 그는 자신의 감정을 솔직하게 표현할 용기는 없으면서 언짢은 티는 내고 싶은 소심한 사람일 뿐이다. 툭 던지는 말은 툭 흘려보내면 그만이다. 그 사람의 문제까지 당신이 떠안지 마라.

가장 젊은 날

군대에서 인연을 맺은 동생이 있다. 힘든 시기를 서로 의지하면서 보냈던 동생이라 사회에 나와서도 만남을 이어가고 있다. 추진력이 강한 그는 무슨 일을 시작해도 남들보다 빠르게 성과를 내지만, 어디로 튈지 모르는 자유로운 영혼을 지녀서 도무지 종잡을 수 없는 사람이기도 했다. 그런 그가 얼마 전 나에게 뜻밖의 소식을 전했다.

친구의 소식을 밝히기 전 잠깐 그 친구를 소개해본다. 군 복무 시절 그는 패션에 관심이 많다면서 의류 사업을 해보고 싶다는 말을 자주 했는데, 전역 후 정말 옷 가게를 열었다. 하지만 전공도 버리긴 아깝다면서 디자인 프로그램을 더 익혀두고 싶다고 말하더니 덜컥 학원을 등록했다. 몇 년 후 그는 옷 가게를 정리하고 프리랜서 디자이너가 되었다. 또 어느 날은 갑자기 일본에서 한 번쯤 살아보고 싶었는데 지금이 기회일 것 같아 목돈을 구한다면서, 잘 지내던 방을 빼고 고시원에 들어갔다. 얼마 후 나는 그와 국제 전화를 하고 있었다.

그는 하고 싶은 게 참 많은 평범한 이십 대 청년이다. 나는 그가 나와 닮았다고 느꼈다. 그는 지금 자신이 하고 싶은 일이 뭔지를 매 순간 의식하고 바로바로 행동에 옮기면서 살아온 사람이었다. 그와 가까워진 이유도 꿈이 많은 사람끼리 서로를 알아봐서가 아닐까 싶다. 그래서 나는 언제나 그의 결정을 지지하고 응원했다. 그랬던 그가 얼마 전 새로운 소식을 들고 와 나를 놀라게 한 것이다.

귀국 후 자리를 잡지 못하던 그는 지금 입시를 준비하고 있다고 했다. 내가 "설마 대학 입시?"라고 묻자 그는 태연하게 고개를 끄덕였다. 새롭게 하고 싶은 공부가 생겼다고, 앞날을 보장할 수 없어도 다시 도전하고 싶다고, 1년 후에 당당히 합격해서 돌아오겠다고 말하며 웃는 그의 얼굴에는 생기가 돌고 있었다.

'대학에 다시 들어가기에는 적지 않은 나이인데, 이왕 공부할 거면 조금 더 장래를 고려해서 결정하는 편이 좋지 않나.'

다시 공부하겠다는 이야기에 순간 그런 생각이 들었지만, 평소 그가 입에 달고 사는 말이 떠올라서 생각은 생각으로 묻어뒀다.

"오늘이 내 생애 가장 젊은 날이잖아."

그래, 늦건 빠르건 마음에 결정이 섰으면 해야지. 늦었다고 생각할 때가 가장 빠른 때인지, 정말 늦은 때인지도 결국 그 길을 가본 사람만이 결정할 수 있으니까. 타인이 만든 잣대가 내 기준이 될 수는 없지. 한 살이라도 젊을 때 더 해봐야지. 남의 의견을 따랐다가 나중에 내 판단이 옳았다며 후회하는 게 더 쓰라릴 거야. 맞아, 그렇게 살아야지.

세상 눈치 보지 않고 도전하는 그에게서 나도 용기를

얻는다. 그의 말대로, 오늘은 내가 살아갈 날 중에 가장 젊은 날이니까.

✧
✦

늦건 빠르건 마음에 결정이 섰으면 해야지.
늦었다고 생각할 때가 가장 빠른 때인지,
정말 늦은 때인지도 결국 그 길을 가본 사람만이
결정할 수 있으니까.

닮고 싶은 사람을 곁에 둘 때

내가 곁에 두고 싶은 사람은 나를 변화시키는 사람이다. 달리 말하면 내가 닮고 싶은 사람이라 할 수 있다.

나는 규칙적인 삶과 거리가 멀었다. 잠자는 시간도 불규칙했고 정해진 시간에 끼니를 챙기는 날도 없었다. 천성은 게으른데 욕심은 많아서 할 일을 최대한 쌓아놨다가 기한이 닥치면 몰아서 끝내곤 했다. 일정 관리에 능숙하지 못한 기질 탓에 할 일을 다 끝내지 못해 친구와 약속을 취소해서 친구를 서운하게 만든 적도 있다.

반면 내가 닮고 싶은 친구는 규칙적인 사람이다. 그는 누구에게나 평등하게 주어진 하루를 남들보다 효율적으로 사용한다. 건강 관리부터 공부, 취미생활, 인간관계까지 어느 것 하나도 소홀히 하지 않고 에너지를 적절히 분배하여 소화한다. 나는 그 성실한 열정이 좋았다.

사람은 자신이 가지지 못한 것을 가진 자를 부러워하고 존경한다. 특히나 부러움의 대상이 가까이 있을 때는 싫어도 그를 의식하게 된다. 처음 나는 내게 없는 부분을 가진 그 친구가 신기하고 멋있었다. 하지만 친구와 가까워질수록 질투심을 느끼는 날이 늘어났다. 같은 시간 동안 나보다 많은 일을 해내는 친구를 보고 있으면 내가 부족한 사람처럼 느껴졌다.

결과적으로는 그 친구가 곁에 있어서 정말 다행이었다. 어느 순간 나는 그를 닮고 싶어 하는 내 마음을 인정했고, 그의 장점을 적극적으로 내 삶에 적용하기 시작했다. 물론 친구처럼 시간 관리의 달인이 될 순 없었지만, 그와 닮아지려 노력하는 것만으로도 과거의 나보다는 생산성을 낼 수 있었다.

아무런 노력 없이 "나는 잘될 거야!" "무조건 성공할 거야!"라며 망상에 젖는 것만큼 위험한 일은 없다. 원하는 모습이 있다면 그 방향으로 삶을 움직여야 한다. 멋지다고 생각한 사람이 주변에 있다면 열등감을 느끼며 멀어지기보다 최대한 곁에 두고 그와 닮아지려 노력했으면 한다. 타인의 장점을 거울삼아 나의 결점을 인지하고 그것을 보완하면서 살아가다 보면 어느 순간 나도 타인의 성장을 자극하는 날이 오지 않을까.

CHAPTER 2

지속하기 위해 멈추는 관계의 지혜

너를 미워하지 않는 이유

'미운 사람.'

이 말을 놓고 봤을 때 떠오르는 사람이 있는가. 누구나 한 명쯤 머릿속을 스쳐 지나가는 얼굴이 있을 것이다. 한 명일 수도 있고, 여러 명일 수도 있다. 그 사람의 얼굴을 떠올리면 당신은 그에게 상처받았던 순간과 못 견디게 미운 그의 단점까지 기억에서 꺼내어 곱씹을 것이다. 그때 당신의 기분이 어떤지 한 번 더 묻고 싶다. 당연히, 괴로울 것이다.

인간은 무언가를 생각하는 것만으로도 에너지를 쓴다.

누군가를 미워하는 일도 예외는 아니다. 어쩌면 그는 내 생각보다 좋은 사람일 수도 있다. 내가 미처 보지 못한 장점을 지닌 사람일 수도 있다. 하지만 그가 나에게 부정적인 감정을 불러일으키는 대상이라는 점은 변하지 않는다.

미움의 대상을 굳이 한 번 더 생각하고 곱씹으면서 스트레스를 받을 필요가 있을까? 안 맞는 사람은 그냥 안 맞는 것이다. 모양이 다른 두 퍼즐은 억지로 끼워 맞춘다고 맞춰지는 게 아니다. 만약 미워하는 마음이 너무 힘들어서 억지로 그를 이해해보려고, 애써 그에게 맞춰보려고 스스로를 몰아붙이고 있다면 그만두라고 말해주고 싶다.

사람은 쉬이 바뀌지 않는다고 한다. 살아보니 정말 그렇다. 부적절한 행동으로 내 미움을 산 사람이라면 다른 곳에서도 부적절한 짓을 골라 할 테니 나 말고도 미워해줄 사람이 나타날 것이다. 가장 불쌍한 사람은 자신이 타인에게 어떤 모습으로 비추어지는지, 자신의 행동이 얼마나 부끄러운지 모르는 사람이다.

"성공은 최고의 복수"라는 말도 머릿속에 남겨두지 마라. 보란 듯이 성공해서 복수하겠다는 마음조차 해롭고 아깝다. 나의 성공은 내가 온전히 누려야 할 행복일 뿐, 복수를 위한 도구가 아니다. 행복해야 할 순간마저 적을 떠올려봤자 내 기분만 상한다. 누군가를 미워하고 원망하는 마음을 다스릴 수 없을 땐 그저 이 단순한 사실만 기억하자.

"내가 소중해서 너를 미워하지 않을 뿐이야."

인간관계 멘탈 관리법

언제부턴가 '멘탈이 강한 사람 특징' 같은 이야기가 사람들 입에서 오르내리고 있다. 실제로 많은 사람들이 멘탈을 지키고 단련하는 방법을 배우고 싶어 한다. 상황을 바꿀 수 없다면 정신이라도 단련해서 괴로움을 견뎌내고 싶은 것이 사람 마음일 테니까.

하지만 태생부터 멘탈이 강한 사람은 없다. 태어난 이상 누구나 정신적으로 감당하기 힘든 순간을 맞닥뜨린다는 사실을 먼저 이해해야 한다. 고통이 찾아와 주저앉게 되더라도 자신의 약함을 탓할 필요 없다. 낙담도 좌절도 자연스러운 감정이다. 내가 부족해서, 내가 못나고 한심해서 힘든 게 아니라고 말해주고 싶다.

멘탈을 훈련하는 방법은 다양하지만 나는 인간관계에서, 특히 누군가에게 비난받아 멘탈이 흔들리는 상황에서 좀 더 유연하게 대응할 수 있는 방법을 말하려 한다. 물론 내 방식이 정답은 아니다. 사람마다 자신에게 어울리는 방법이 있을 것이다. 그럼에도 나에겐 다음과 같은 사고방식이 무척 도움이 되었기에 소개해본다.

첫 번째로는 상대가 비난한 '나'의 특성은 나의 일부이지, 나의 전부가 아님을 기억하는 것이다. 가령 한 친구가 '너는 이러한 면이 단점이야'라고 말해도 그 단점은 그 사람의 관점과 가치관으로 해석한 나의 일부일 뿐이다. 오히려 다른 친구에게 그 특성은 장점이 될 수 있다. 나의 전부를 '이렇다' 하고 정의할 수 있는 권력은 누구에게도 없다. 그의 평가를 전부 신뢰하지도, 내 마음으로 끌어와 자리 잡게 두지도 않는다.

두 번째로는 비난받았을 때 최대한 당황한 티를 내지 않는 것이다. 애초에 그가 나를 비난한 목적은(나에게 서운했던 일을 조심스레 밝히고 앞으로 조심해주길 당부하는 상황이 아니라면) 내 기분을 상하게 만들기 위해서였을 가능성이 크다. 그런데 내가 당황하고 쩔쩔매는 티를 내버리면 상대방은 당신을 굴복시켰다는 생각에 만족감을 느끼며 나를 더 우습게 볼 것이다. 그러니 태연하고 여유로운 얼굴로 그가 내 마음에 어떠한 흠집도 내지 못했음을 표현해 도리어 상대를 당황하게 만든다. 상대가 나를 비난에 취약한 사람으로 여기게 두지 않는다.

세 번째로는 상대도 완벽한 인간이 아니라는 사실을 유념하는 것이다. 누구에게나 결점이 있다. 상대가 주제넘은 핀잔을 주는 이유도 그가 나처럼 결점을 가진 사람이기 때문이다. 그러니 그의 평가를 마음에 담아둘 이유가 없다. 내 결점만으로도 힘든데, 상대의 결점까지 끌어안고 끙끙 앓기엔 시간이 너무 아깝다. 하물며 상대를 한번 이겨보겠다고 아득바득 그의 결점을 붙잡고 늘어지면 나까지 초라해진다. 그 사실을 깨달았으면 그저 흘려보낸다.

마지막으로, 사람과 멀어지는 것을 너무 두려워하지 않는다. 관계에 지나치게 연연하면 끊어야 하는 순간 끊지 못하고 부정적인 정서에 계속 노출된다. 관계를 끊어내는 것을 무서워하지 않으면 객관적인 판단을 내리기가 훨씬 수월해져 해로운 인간관계에서 좀 더 쉽게 해방될 수 있다.

겸손하지 못하고 남을 음해하기 바쁜 사람들의 특징은 자기 인생도 제대로 못 살면서 남의 흠은 잘 찾아낸다는 것이다. 그 사실을 알고 나면 비난을 받았다고 상처받을 이유가 전혀 없다. 만약 그가 나를 떠나가도 상실감을 느끼기보다는 나를 힘들게 하는 관계를 잘 정리했다고 생각해야 한다. 기억하자. 당신이 인연을 놓친 것이 아니다. 그가 당신이라는 좋은 인연을 잃은 것이다.

확증편향에 빠진 사람들

책을 한 권도 읽지 않은 사람보다 무서운 사람이 책을 한 권만 읽은 사람이라고 했던가. 신념이 너무나 확고해서 자신이 믿는 것만이 정답이라 단정 짓고, 자기 생각과 반대되는 정보는 일절 받아들이지 않는 사람들. 이른바 '확증편향'에 빠진 사람들.

그들은 인간관계도 비슷한 태도로 임한다. 이런 이들과 가까이 지내면 잦은 갈등에 휘말리기 쉽다. 한번 편견을 가지면 아무리 상대가 오해를 풀려 해도 듣지 않기 때문이다.

애써 붙잡고 해명하려 할수록 내 힘만 빠진다. 차라리

오해하도록 내버려두는 편이 나를 위한 길이다. 내가 아무리 결백함을 주장하고, 어떤 확실한 증거를 내밀어도 그들은 결코 자신의 판단을 수정하지 않는다. 오히려 자신이 믿고 싶은 정보에는 귀를 세우고 자신의 판단을 뒷받침하는 상황만 선택하여 받아들인 후에 "그럼 그렇지, 역시 내 생각이 옳았어"라며 오해를 굳힌다.

반면 모든 가능성을 열어두고 판단을 유보하는 사람들도 존재한다. 그런 이들이 주변에 한두 명만 있어도 인생의 절반은 성공했다고 말할 수 있다. 내가 남들에게 오해를 샀을 때 나를 비난하기에 앞서 내 사정을 귀담아 들어주고, 나를 걱정하며 마지막까지 신뢰와 지지를 보내주는 사람들 말이다.

해명할 기회도 얻지 못한 채 사람을 떠나보내는 경험을 수없이 하다 보니, 관계를 대하는 태도가 달라졌다. 더 이상 나에게 편견을 가지고 떠난 이들에게 연연하지 않는다. 그들은 처음부터 나를 똑바로 바라볼 마음이 없었던 사람들이다.

진실한 관계를 쌓을 의지가 없었던 사람들과 무리하게 관계를 이어나가려 하는 것은 모래성을 진짜 집이라 믿고 거주하는 것만큼 위험한 일이다. 물론 나 역시 섣부른 판단으로 좋은 인연을 놓치지 않도록 유연한 마음으로 다양한 가능성을 열어놔야 할 것이다.

관계도 조율해야 좋은 소리가 난다

아무리 마음이 잘 맞는 사람이라 할지라도 싸우지 않는 것은 불가능에 가깝다. 십수 년을 함께한 친구더라도, 사랑하는 가족이더라도, 평생을 함께하고 싶은 연인이더라도 말이다. 만약 오랜 시간 가깝게 지내는 누군가와 한 번도 싸운 적이 없다면, 서로 기대하는 것이 없는 사이거나 혹은 한쪽의 엄청난 인내로 관계가 유지되는 것은 아닌지 돌아보는 편이 좋다.

꼭 주먹이 오가고 폭력을 행사하는 것만이 싸움은 아니다. 폭력은 어떠한 상황에서도 저질러서는 안 될 행위다.

내가 말하고자 하는 싸움은 조금 더 일상적인 마찰에 가깝다. 이를테면 보이지 않는 신경전이라든지, 사소한 말싸움이 그렇다. 항상 잘 지낼 수 있다면야 좋겠지만 가깝기 때문에 서운한 순간도 생기기 마련이니, 이왕 싸울 거라면 나는 잘 싸우는 법을 알아야 한다고 생각한다.

아무리 비싸고 훌륭한 악기더라도 제때제때 조율해야 좋은 소리를 낸다. 관계 또한 그렇다. 적절한 시점에, 바르게 조율하지 않으면 그 관계에서는 내 귀를 아프게 하는 불쾌한 소리가 난다. 다시 말해 싸우는 과정에서 서로에게 쌓인 갈등을 원만히 해소해야 더 조화로운 사이로 발전할 것이다. 싸워야 할 때 제대로 싸우지 않고 마음에 앙금을 남기면 그 사람을 마주할 때마다 내가 힘들어진다. 더 돈독한 관계로 도약하기 위해서라도 지금 현명하게 갈등을 마주해야 한다.

갈등을 대할 때 내가 세운 대원칙은 두 가지다. 나는 일단 대화가 시작되면 승부욕을 내려놓는다. 이기는 데 집착하면 내가 왜 서운했는지를 설명하는 과정에서 자기연민이나 과장이 섞여 상대방의 반감을 사기 쉽다. 상대방을 이기려 들지 않으면 시야가 넓어진다. 싸움의 목적이 분명해지기 때문에 나도 내 마음을 더욱 선명하게 들여다볼 수 있다. 감정의 잔여물을 남기지 않되 핵심만 명확하게 전달하려면 갈등을 승패가 나뉘는 승부로 만들지 말아야 한다.

또한 내 상황을 장황하게 설명하려는 욕심을 내려놓고 대화의 주도권을 상대방에게 넘겨주려 한다. 즉, 상대방이 대화의 흐름을 만들고 이끌게 둔다. 상대방은 한발 물러선 당신의 태도에 마음을 누그러뜨릴 것이고, 이 대화에서 주도권을 휘어잡아야 한다는 강박에서 벗어나 한결 편안한 분위기에서 자신의 감정을 설명하려 할 것이다. 괜한 말로 서로의 죄책감을 자극하는 일도 줄어든다.

이게 내가 갈등에 임하는 마음가짐이다. 내 상황과 감정에만 몰두하지 않는 것. 상대방을 이기려고 욕심내고, 내 마음을 조급하게 전달하려 하는 순간 화해하려는 마음은 사라지고 싸움을 위한 싸움만 남는다. 이기려고 시작한 싸움이 아니지 않은가.

잘 풀어가고 싶은 마음 하나 보태면 그 싸움은 사실 싸움도 아니라는 것을 느낀다. 잘 싸우고 나면 갈등이 마냥 나쁜 것만은 아니라고 여겨지는 순간이 온다. 오히려 이해가 필요한 시점에 이해를 주고받는 계기가 될 것이다.

관계 셧다운이
필요할 때

'이러다 쓰러지는 게 아닐까' 하는 생각이 불쑥 찾아들었다. 쌓인 업무를 며칠째 떠안고 끙끙거린 탓에 평소보다 신경이 날카롭던 날이었다. 마음도 체력도 한계에 다다랐음을 느끼고 작업실을 나서려던 순간 익숙한 이름으로 전화가 걸려왔다. 가깝게 지내던 고향 후배였다. 후배와 나는 고민이 생길 때마다 서로 이야기를 들어주며 관계를 다져온 사이였다.

하지만 그날은 선뜻 통화 버튼을 누르지 못했다. 바로 몇 주 전 후배와 통화했던 일이 떠올랐기 때문이다.

'최근에 연락했으니 단순한 안부 전화는 아닐 테고, 그날 털어놓던 고민의 뒷이야기일 게 뻔하군.'

평소라면 전화를 받고 그의 이야기를 들어줬겠지만 후배가 과묵한 편은 아니어서 한번 통화를 시작하면 한 시간은 족히 이야기하는지라 그날은 전화를 받지 않았다.

후배는 언제나 나를 깍듯하게 대했고, 특별한 목적이 없어도 나에게 시간과 정성을 아끼지 않는 사람이었다. 나 역시 그런 후배가 고마워 항상 잘해줘야지 하는 마음을 가지고 있었다. 그래, 그 사실은 변하지 않는다. 하지만 그날 후배의 전화를 거절한 것은 지금 생각해도 최선의 선택이었다고 생각한다. 만약 내가 그의 전화를 받았더라면 밝은 목소리로 통화할 수 있었을까? 그가 하는 이야기에 진심으로 공감해줄 수 있었을까?

여기까지 생각하자 후배에게 전혀 미안하지 않았다. 내 결정이 그를 위한 선택이었다고 구태여 포장하진 않겠다. 전화를 받지 않은 것은 분명 나를 위한 선택이었다. 하지만 나는 어설프게 이야기를 들어줘서 후배를 서운하게 만드느니, 감당할 수 없는 대화는 아예 시작하지 않는 편이 낫다고 생각한다. 가끔은 나를 위해 이기적인 선택도 내릴 줄 알아야 한다.

힘든 시기를 보내고 있을 때, 우울하다는 친구의 연락을 받으면 어쩐지 함께 고민을 나누고 서로 위로해야 할 것만 같다. 그러나 당신이 답답한 속마음을 털어놓아도 편해지지 않을 것 같다면 굳이 털어놓지 않아도 된다. 하물며 상대방의 기분을 풀어줘야 한다는 생각에 무리하게 고민을 들어줄 필요도 없다.

누군가를 위로하는 것도 일단 나에게 여유가 있을 때 해야 한다. 내 마음이 먼저다. 나부터 생각하라. 아직 내 감정도 추스르지 못했는데 과연 누가 타인의 고민을 들어줄 수 있을까. 어떻게 타인을 위로할 수 있을까. 내 마음이 건강해야 타인과 긍정적인 에너지를 나눌 수 있다는 사실을 기억하자. 적절하게 고립될 줄 알아야 다시 연결될 수도 있다. 주변을 살필 힘이 없을 때 잠시 사람들과 거리를 두는 것은 다시 타인에게 나눠줄 마음의 에너지를 충전하는 시간이다. 그러니 자책하지 않아도 괜찮다.

내 마음이 건강해야 타인과 긍정적인 에너지를
나눌 수 있다는 사실을 기억하자.
적절하게 고립될 줄 알아야 다시 연결될 수도 있다.

최선의 위로

내가 어려워하는 것 중 하나가 바로 누군가를 위로하는 일이다. 타인의 마음에 공감하려 노력할 수는 있지만, 결국 나는 당사자가 아니기에 그 슬픔의 깊이를 정확히 헤아릴 수 없다. 그래서 누군가 내게 고민을 털어놓으면 적잖이 당황하곤 한다.

사실 사람의 성향이 다 다르듯 그들에게 필요한 위로도 가지각색이다. 직접적인 해결책을 제시하는 이성적 소통을 선호하는 사람이 있고, 마치 내 일처럼 화내거나 속상해하는 감정적인 소통을 선호하는 사람도 있다. 어떤 방식이 정답이라고 말할 순 없지만 꽤 오랜 시간 고민한 끝에 '이런 말만큼은 피하는 편이 낫다' '이런 태도가 더 도움이 된다' 싶은 기본적인 위로의 요령을 조금씩 터득했다.

먼저 문제의 원인을 당사자에게 돌리는 태도는 지양해야 한다. 현실적인 조언을 건네더라도 "너의 그런 행동이 문제였네" 하는 식의 쓴소리는 삼가야 한다. 다시 말해 '앞으로' 어떻게 할지에 관한 의견을 줄 수는 있어도 그 사람의 '지나간' 행동을 따져 물으며 죄의식을 유발하지는 말아야 한다.

또한 그들의 고민을 가벼이 여기거나 다른 사람의 불행과 비교하는 태도도 삼가야 한다.

"사람 사는 게 원래 다 그렇지, 별일도 아닌 걸 가지고."

"너 생각보다 멘탈이 약하구나?"

"너보다 힘든 사람도 많아."

"불평할 시간에 더 노력하는 게 어때?"

이런 말들은 위로도, 조언도 아니다. 상처 난 곳에 소금을 뿌리는 짓이나 마찬가지다. 상대방의 처지를 이해할 의지가 없다면, 경솔한 언행으로 상대방에게 고립감을 줄 바에야 차라리 입을 다무는 편이 낫다.

무엇보다 중요한 것은 경청하는 자세다. 상대방의 이야기를 들어주기로 했다면 자신이 상대방에게 미칠 영향을 의식하고 책임감 있는 말과 행동을 보여야 한다. 앞서 말했듯 아무리 내가 노력해도 상대방의 상황을 완전히 이해하기는 힘들고, 어떤 조언을 건네도 사실은 그다지 도움이 되지 않을 수 있다. 내가 그들에게 해줄 수 있는 것은 그들의 말에 고개를 끄덕이는 것뿐이고, 그게 전부다. 위로에 서툴든, 말재주가 없든 진지하게 듣는 자세는 그들에게 최선의 위로가 될 것이다.

언젠가 다른 이에게 내 고민과 슬픔을 나눈 적이 있었다. 딱히 그가 해결해줄 수 있는 일이 아니라는 사실은 잘 알았지만 그래도 털어놨다. 누구라도 좋으니 내 이야기를 들어주고 받아줄 사람이 필요했던 것 같다. 그날 그는 내 이야기를 진중한 얼굴로 들어주었고, "어떤 부분이 속상했어?" "다시 돌아간다면 어떻게 하고 싶어?"와 같은 질문으로 내 안의 이야기를 끌어냈다. 대화의 흐름을 내가 안심할 수 있는 방향으로 끌어나가려 했던 것 같다. 자리를 끝내고 집으로 돌아와 생각해보니 마음이 한결 평온해졌다. 명쾌하게 해결된 것은 없었지만 고민을 털어놓았을 때 들어주는 사람이 있다는 사실만으로도 분명 위안을 받았다.

누군가 내 말을 가만히 들어주었을 때 느낀 안도감을 기억한다. 나는 그것이 타인에게 건넬 수 있는 최선의 위로라고 생각한다.

비난을 신경 쓸 필요가 없는 이유

누군가 나를 이유 없이 비난한다면 지금 내가 그 사람보다 앞서 나간다는 뜻이다. 원래 삶이 단조로워 어느 것에도 열의를 느끼지 못하는 사람들이 남의 일에 관심이 많다. 자기 인생을 멋지게 사는 사람들은 타인의 삶에 그리 관심을 두지 않는다. 그럴 시간과 여력이 없기 때문이다. 정말 인생을 충실히 살아가려는 이들은 남을 흉보면서 시간을 낭비할 바에야 그 시간을 자신에게 투자한다.

타인을 향해 비난을 일삼는 사람들에게 과연 남의 인생을 평가할 자격이 있을까? 정답은 물론 '그렇지 않다'이다.

앞서 말했듯 그들은 자신의 인생이 시시하여 남의 인생을 구경하고, 자극적인 말들로 평가하면서 무료함을 달랠 뿐이다. 그런데 내가 하나하나 신경 쓰고 반응한다면 그들에게 먹잇감을 던져주는 일밖에 되지 않는다. 남을 깎아내려서 우월감을 얻으려는 하잘것없는 기대에 당신이 동참하지 않길 바란다.

사실 누군가를 비난하는 것은 결코 쉬운 일이 아니다. 현명한 사람들은 자신을 위해서라도 함부로 타인을 평가하지 않는다. 타인에 관한 부정적인 평가를 입에 올리는 순간 자신이 가벼워 보인다는 사실을 알기 때문이다. 그런 이들은 타인에게서 부족한 점을 발견해도 공격하지 않고 오히려 스스로에게 부족한 점은 없는지 돌아본다.

사람은 자신이 아는 만큼, 딱 그 정도의 수준으로만 세상을 살아간다. 아둔한 이들의 시선에 담기기엔 당신은 훨씬 가치 있는 사람이다. 그러니 괜한 질투심으로 내뱉는 말들에 열을 올리거나 귀담아들을 필요가 없다.

넓고 얕은 관계와 좁고 깊은 관계

'많으면 많을수록 좋다.'

우리가 익히 아는 고사성어 '다다익선'의 뜻이다. 물론 삶을 넉넉하게 만드는 것이라면 많을수록 좋다. 이를테면 돈, 시간, 경험, 기회 등이 그렇다. 배를 채워 하루하루를 연명하기만 하는 삶은 아무래도 허전하다. 나에게 기쁨을 주고, 내 일상에 생기를 불어넣는 것이라면 적은 것보단 많은 편이 삶을 풍요롭게 살아가는 데 도움이 될 것이다. 때에 따라 예외가 있겠지만, 일반적으로는 그렇다.

하지만 이 고사성어의 뜻이 적용되지 않는 경우도 있

다. 바로 친구다.

친구 관계는 한 사람의 삶에 지대한 영향을 미친다. 특히나 학창시절엔 하루의 대부분을 반 친구들과 한 공간에서 보낸다. 소외감을 느끼지 않으려면 억지로라도 무리를 지어 다녀야 하며, 원하든 원치 않든 그들과의 관계가 나의 감정을 좌지우지한다. 좋은 영향만 나누면 좋으련만 해로운 영향까지 직간접적으로 주고받는다.

하지만 성인이 되면 학창시절처럼 반강제적으로 친구와 어울려야 하는 환경에서 벗어난다. 그 뒤로는 마음이 맞는 사람들과 따로 시간을 내어 인연을 이어간다.

세월은 정직하다. 내가 삶의 중요한 국면마다 다양한 사건을 경험하며 가치관을 수정해나가는 만큼 타인도 시간의 흐름에 따라 가치관의 변화를 맞는다. 이 때문에 지금껏 마음이 잘 맞는다고 생각했던 사람들과 어느 순간 거리감을 느낀다.

'예전에는 이 사람의 이런 면이 좋았는데 지금은 왜 불

편할까?'

'이상하다, 분명 대화가 잘 통했던 사람인데….'

'나는 동의하지 않는데, 이 사람은 정말 그렇게 생각하는 걸까?'

사람은 누구나 다르다는 그 당연한 사실을 알고 있음에도, 나와 닮았다고 생각했던 사람과 대화가 어긋나면 당혹감을 느낀다. 하지만 다름 자체가 문제는 아니다. 서로의 다름을 얼마나 유연하게 받아들이느냐가 중요하다. 의견이 충돌하고 감정이 상하는 일이 반복되면 그와 관계를 이어갈지 혹은 멀어질지 선택의 기로에 놓인다. 친구란 서로의 다름을 인정하고 상대방의 가치관을 존중하는 관계여야만 가능하기 때문이다.

한 번쯤은 그들과의 관계를 돌아봤으면 한다. 서로의 다름을 이해하려는 노력 없이 한쪽만 일방적인 배려를 요구하고 있진 않은지. 그런 관계를 꾸역꾸역 이어가면서 나만 상처받고 있는 건 아닌지. 혹은 내가 친구에게 그런 사람은 아닌지.

전 세계 인구가 무려 78억 명에 다다르고 우리나라 인구도 자그마치 5천만 명이 넘는다. 그렇게 많은 사람 중에 서로의 가치관을 존중하면서 편하게 지낼 수 있는 사람이 단 한 명도 없을까? 소수라도 좋으니 함께할 때 편안하고 행복한 사람들과 어울려 지냈으면 한다.

영혼 없는 리액션이 특기인 사람들

대화할 때는 흐름이 가장 중요하다. 상대와 눈을 마주치고, 상대의 이야기에 귀를 기울이며 장면을 상상하고, 적절한 반응으로 경청하고 있음을 알리다가 때론 호기심을 발휘하여 질문하는 일. 그렇게 집중하고 빠져드는 공감의 장을 함께 만드는 일. 나는 좋은 대화의 흐름이란 이렇다고 본다.

간혹 성향이나 생각이 달라 특정 주제에서 의견이 엇갈리더라도 흐름이 원활하다면 좋은 대화다. 앞에 있는 사람의 의견을 충분히 귀담아들었기 때문에 서로 기분 상할 일이 없다. 진정성 있는 반응을 하는 상대와는 어떤 민감한 주제가 나오더라도 즐겁게 얘기할 수 있다.

반면 흐름이 툭툭 끊기는 대화는 가치가 없다. 밥을 먹든, 커피를 마시든 함께하는 자리에서 핸드폰을 내려놓지 않는 사람. 앞에 있는 사람은 뒷전이고 다른 일에 정신이 팔린 사람. 이들은 대화에 전혀 집중하지 않지만 듣는 시늉은 한다. 상대의 흥미를 끌기 위해 그의 관심 주제를 꺼내며 어떻게든 대화의 흐름을 이어가려 노력해봐도 소용없다.

더 최악인 유형은 고민을 털어놓는 자리에서 대화의 맥을 끊는 사람들이다. 내가 힘들었던 일을 털어놓으며 어떻게 해결하면 좋을지 조언을 구하는데, 내 이야기에 집중하는 기색도 없이 뻔한 말을 반복한다.

"그래? 힘내. 앞으로 더 좋아지겠지."

이보다 더 힘 빠지는 소리도 없다. 이런 소리는 안 하느니만 못하다. 생각하기 귀찮으니까 대충 '듣기 좋은 말'을 해주는 것이다. 이런 말은 AI도 할 수 있다. 지금 핸드폰에

대고 힘들다고 말하면 인공지능 스피커가 그보단 더 성의 있는 답변을 내놓을 것이다.

대화는 적선이 아니다. 그런 위로는 받고 싶지도 않다. 상대가 영혼 없는 리액션을 반복한다면 깔끔하게 자리를 끝내라. 당신이 먼저 아쉬움 없는 태도로 "이제 그만 일어날까?" 하고 돌아서야 한다. '그래도 이왕 만났는데…' 하면서 더 머물러봤자 우울한 시간만 늘어날 뿐이다. 차라리 집에 돌아가서 시트콤 한 편을 보는 것이 기분 전환에 도움이 될 것이다. 그리고 냉정을 되찾으면 이참에 그가 정말 나의 친구인지 고민해보는 시간을 가져보는 것도 좋겠다.

관계에도
퍼스널컬러가 있다

'퍼스널컬러'라는 단어를 다들 알거나 한 번쯤 들어봤을 것이다. 퍼스널컬러란 나의 피부톤과 가장 자연스럽게 어우러지는, 내 모습을 실제보다 돋보이게 해주는 색을 말한다. 자신에게 걸맞은 개성을 찾는 것이 삶의 주요한 과제가 되어서일까, 퍼스널컬러를 진단해주는 전문 컨설턴트가 곳곳에 생겨날 정도로 나만의 색을 찾고자 하는 사람들의 기대는 대중적인 현상이 되었다.

비싸기만 하고 불편한 옷을 입어서 돋보이는 것이 아니라 '나와 어울리는지'를 우선하여 조화로운 아름다움을 추

구하는 일. 생각해보면 이것은 관계를 가꿀 때도 지녀야 할 태도다. 나를 돋보이게 해주는 색을 고르듯이 함께할 때 시너지가 나는 사람을 가까이해야 한다. 내 안색을 어둡게 만드는 색을 피하듯이 내 감정을 우울하게 만드는 사람들을 멀리해야 한다.

다시 말해 곁에서 편안한 미소를 지을 수 있는 사람들과 어울려야 내 삶이 더욱 밝아진다. 함께해서 화를 내는 일보다 함께하기 때문에 웃는 일이 더 많아야 하고, 달라서 다투는 날보다 다르기 때문에 서로에게 배워가는 날이 많아야 한다. 그런 사람들과 교류할 때 내 삶은 얼마나 생기를 띠는가.

나와 잘 맞는 사람을 찾는 것은 퍼스널컬러를 찾는 일만큼 쉬운 것은 아니다. 그런 인연을 만나려면 오랫동안 시간과 정성을 들여야 하고, 그 과정에서 몇 번의 실패를 경험할 수밖에 없다. 오랜 노력 끝에 그러한 인연을 찾아냈다면, 그가 나에게 주는 행복을 절대 당연하게 생각하지 않기를. 결이 맞는 사람을 찾았다는 것은 내 인생이 외로움과 조금 멀어졌다는 뜻이다.

함께해서 화를 내는 일보다

함께하기 때문에 웃는 일이 더 많아야 하고,

달라서 다투는 날보다

다르기 때문에 서로에게 배워가는 날이 많아야 한다.

받아주지 않아도 되는 사과

살다 보면 누군가에게 사과를 받는 일이 생긴다. 혼잡한 인파 속을 지나가다 반대편 사람과 부딪히는 일처럼 고의가 아닌 가벼운 실수라면 사과받는 이도 가볍게 웃으며 넘어갈 수 있을 것이다. 하지만 상대가 나에게 정신적, 물리적 피해를 입혔거나 악의적으로 곤란한 문제를 일으켰다면 진지하게 그에게 해명을 요구하고 사과를 받아야 한다. 그런데 이때 마치 선심 쓰듯 사과를 툭 던지는 이들이 있다.

"내 의도는 그런 게 아니었지만, 네가 기분 나빴다면 미안하다."

"이번 일은 미안한데, 너도 저번에 나한테 잘못했잖아."

"아, 그래. 내가 죽을죄를 지었다. 됐지?"

상대의 입에서 사과의 말이 흘러나와 내 귀에 닿기까지 단 몇 초, 단 몇 마디에 불과하더라도 사과받는 사람은 그 말이 진심인지 아닌지를 금방 판별할 수 있다. 사과란 본심이 투명하게 드러나는 행위여서 진정성이 없다면 안 하느니만 못하다. 그런데 갈등이 두려운 사람들은 진심이 느껴지지 않는 사과를 받아주기도 한다. 좋은 게 좋은 거니까, 더 심각한 싸움으로 만들기 싫어서, 엮여봤자 나만 손해일 것 같아서, 안 받아주자니 내가 나쁜 사람이 되는 것 같아서… 진심이 느껴지지 않는 사과를 마지못해 받아준다.

우리가 기억해야 할 것은, 사과를 받아들일지 말지 결정할 때는 상대가 아닌 나의 감정을 기준으로 삼아야 한다는 것이다. 어릴 적 친구와의 갈등을 중재하는 이는 대부분 어른이다. 어른은 아이들에게는 심각한 싸움을 유치하고 귀여운 '애들 다툼' 정도로 치부한다. 그래서 아이들은 어른의 지도하에 한쪽이 "미안해"라고 말하면 다른 한쪽도 "괜찮아"라고 말하는 법을 학습한다. 풀리지 않은 감정의 응어리를 제대로 대면하지도 못한 채 말이다. 때문에 나이가 들어도 사과를 거절하는 순간 내가 너무 매정한가 싶은 죄책감을 느낀다.

내키지 않는 사과는 받아주지 않아도 된다. 상대방이 먼저 사과했으니 받아줘야 한다는 말에는 논리가 없다. "사과했으면 됐지, 언제까지 꽁해 있을 거야?" 이런 말은 상황을 편하게 넘어가고 싶은 제삼자의 요구일 뿐이다. 내 기분이 아직 누그러지지 않았는데 왜 상대가 사과했다는 이유만으로 다 받아줘야 하는가. 성의 없는 사과를 받아봤자 께름칙함만 남는다. 이러나저러나 마음이 불편할 거라면 사과를 받지 않고 관계가 서먹해지는 편을 택하자. 그런 이들과 인연을 이어나간들 같은 문제로 삐걱거리기 마련이니까.

침묵이
창이 될 때

기분 나쁜 말을 들으면 순간 말문이 막힌다. 화를 낼지, 받아칠지, 혹은 아무렇지 않은 듯 웃으며 넘어갈지 고민하다 머릿속이 복잡해지기 때문이다. 하고 싶은 말은 많은데 화가 치밀어 조리 있게 전달할 자신이 없을 때 침묵은 의외로 날카로운 공격력을 발휘한다.

생각 없이 말하는 사람들은 상대방의 기분을 살필 줄도, 자기 말을 객관화할 줄도 모르는 사람들이다. 입씨름할 가치도 없으며 대꾸해봤자 내 정신에만 해롭다. 가끔 이성적으로 상황을 해결하고 싶은 사람들은 자신의 감정을 조목조목 설명하고 다음부터는 그러지 않았으면 좋겠다고 정중히 경고한다. 물론 그런 방법도 좋다, 대화가 통하는 상대라면. 하지만 애초에 남의 기분을 살필 줄 모르는 사람인지라 며칠은 조심하는 듯해도 긴장이 풀어지면 다시 원점으로 돌아온다.

따끔하게 일침을 가할 자신도, 센스 있게 받아칠 자신도, 어린아이 가르치듯 인내심을 가지고 설득할 자신도 없다면 차라리 상대방과 눈을 마주치면서 침묵해보자. 나를 지키는 동시에 상대방을 당황시키는 효과적인 방법이다. 인간은 자기 말에 돌아오는 반응이 없을 때 큰 불안을 느낀다. 당신이 말없이 눈을 응시하면 상대방은 민망함을 느끼며 방금 자신이 뱉은 말을 되돌아볼 것이다. 자신이 생각 없이 내뱉은 말을 낯설게 바라볼 수 있도록 시간을 주는 것이다.

침묵하는 사람은 절대 약해 보이지 않는다. 알 사람은 다 안다, 당신이 그와 다른 사람이라는 사실을. 오히려 상대가 흙탕물을 튀겼다고 함께 흙탕물에 들어가지 않는 당신을 현명하다고 판단할 것이다.

우리는 어떤 사이

얼마 전 〈캐스트 어웨이〉라는 조금은 오래된 영화를 보게 됐다. 〈캐스트 어웨이〉는 비행기 사고로 무인도에 조난된 '척'이라는 한 남성이 섬에서 탈출하기까지 생존기를 다룬 영화다. 척은 라이터 없이 불을 피우고 조난 물품 중 하나였던 스케이트 날로 충치를 제거하는 등 도시 생활에서 누렸던 편의와 문명을 임기응변으로 대체한다. 하지만 단 한 가지, 대화를 나눌 사람만큼은 찾지 못한다. 외로운 척은 함께 섬으로 떠내려온 배구공을 주워 얼굴을 만든 후 '윌슨'이라고 이름 붙여서 교감하기 시작한다. 인간도 동물도 아니고 단지 배구공일 뿐인 윌슨이 척에게 해줄 수 있는 건 없었지만, 무인도라는 특수한 공간에서 배구공 윌슨은 척에게 정신적으로 의지할 대상이 된다.

제아무리 잘난 사람도 세상을 혼자 살아갈 순 없다. 〈캐스트 어웨이〉를 보면서 새삼 생각에 잠겼다. 인간은 사회성이 고도로 발달한 동물이다. 의식하지 못하는 순간조차 인간은 타인과 영향을 주고받는다. 지금의 내 모습이 되기까지 관여한 사람들도 수없이 많다. 나와 잘 맞는 사람과 그렇지 않은 사람, 오랫동안 알아왔지만 관계에 큰 발전이 없는 사람과 짧게 알았지만 깊은 인상을 남긴 사람 등 수많은 사람들이 나를 거쳐가 지금에 이르렀다.

특히나 친밀함은 대인관계에서 빼놓을 수 없는 영역이다. 척이 배구공에 얼굴을 만들어 소통하면서 의지했듯, 인간은 친밀한 관계를 찾아 마음을 기댈 곳을 만든다. 타인과 서로 의지하고 지지할 때 행복을 느끼는 것은 어쩌면 당연한 순리가 아닐까.

연락처를 훑어본다. 수많은 이름이 보인다. 그 이름들

이 모두 반가운 건 아니다. 어떤 사람은 두세 달에 한 번 만나는 사이고 또 어떤 사람은 1년에 한두 번 만나는 사이고 또 다른 사람은 몇 년간 연락하지 않았던 사이다.

과연 이들 중 내가 진정 의지하는 사람은 누구일까. 그리고 그들에게 나는 의지가 되는 사람일까. 무수한 사람 사이에 섞여 살아가는 내가 무인도에 고립된 척보다 덜 외로운 사람이라고 말할 수 있을까.

우리는 마음을 나누고 있을까.
아니면 그냥 그런 사이일까.

사랑할 용기

누군가를 좋아하는 일마저 눈치를 보지 않았으면 한다.

'내가 좋아해서 그 사람이 불쾌해하는 건 아닐까.'

'나 같은 사람을 과연 좋아해줄까.'

'하루빨리 마음을 접는 게 나를 위한 일이야.'

그렇게 혼자 그 사람의 마음을 추측하고 속단하면서 가슴 아파하지 않길 바란다. 한 사람의 존재가 내 마음을 감싸고 그 사람에 관한 생각이 세포 하나하나까지 깃들 때, 그 순간 찾아오는 다양한 감정을 마음껏 만끽하자.

사랑이란 창문을 열었을 때 훅 밀려드는 바람과 같은

것이다. 바람이 방에게 양해를 구하지 않듯 사랑도 허락을 구하며 당신 안에 들어오지 않는다. 나도 모르는 사이, 내 의지와 무관하게 시작되는 것이 사랑이다. 생각해보면 누군가를 사랑하고 아끼는 마음은 정말 기적 같은 일이다. 아무리 값비싼 금은보화를 내어줘도 사랑하는 마음을 살 수는 없다. 무엇과도 맞바꿀 수 없는, 그 어떤 감정과도 견줄 수 없는 특별한 마음이 마법처럼 내 안에서 시작된 것이다. 그 마음을 소중히 대했으면 한다.

멋대로 시작된 이 감정은 운이 좋아 결실을 볼 수도, 끝끝내 이뤄지지 않아 당신을 속상하게 만들 수도 있다. 하지만 너무 많은 고민 끝에 앞서 나간 결론을 내리고 좋아하는 일을 덜컥 포기하지 않았으면 한다. 혹시 아는가, 내가 좋아하는 사람이 나를 좋아하게 되는 운명적인 일이 일어날지.

사랑에도 용기가 필요하다. 그 용기는 오로지 당신만이 낼 수 있다. 사랑하는 일을 겁내지 말자. 당신은 당신의 생각보다 더 강한 사람이니까.

누군가를 사랑하고 아끼는 마음은 정말 기적 같은 일이다.
아무리 값비싼 금은보화를 내어줘도 사랑하는 마음을 살 수는 없다.
무엇과도 맞바꿀 수 없는, 그 어떤 감정과도 견줄 수 없는
특별한 마음이 마법처럼 내 안에서 시작된 것이다.

짝사랑과 자존감의 상관관계

누군가를 좋아한다는 것은 새로운 세상이 열리는 것과 같다. 그 사람이 지금 뭐 하는지 궁금하고, 그의 일거수일투족이 자꾸만 신경 쓰이는 것. 우리는 그 감정을 사랑이라고 부른다. 하지만 사랑이 언제나 양방향이진 않다. 서로를 소중히 여기고 궁금해하는 사랑도 있는 반면 한쪽만 상대방을 아끼고 궁금해하는 사랑도 있다. 그렇다, 누구나 한 번쯤 짝사랑으로 속앓이를 해봤을 것이다.

연인이 되어도 다투고 우는 날이 많은데, 나 혼자만 사랑할 때는 그 고생이 오죽할까. 보답받는다는 기약도 없이 누군가를 사랑한다는 것은 매일매일 가슴 아프기로 선택하는 일이나 다름없다. 그래서 짝사랑과 자존감은 상당히 밀접한 관련이 있다. 마음의 크기가 극단적으로 불균형한 상태에서는 갑과 을이 나뉜다. 더 많이 좋아하는 사람일수록, 상대의 마음이 절실한 사람일수록 자신을 보잘것없다고 여긴다. 조급한 마음에 실수를 연발하는 내가 상대에 비해 너무 작고 초라해 보인다.

만약 지금 당신이 누군가를 짝사랑하면서 힘든 시기를 보내고 있다면 꼭 해주고 싶은 말이 있다. 어렵더라도 지금 상태에 머물지 말고 상대방에게 마음을 표현했으면 좋겠다. 최선을 다했는데도 관계에 진전이 없다면 그때부터는 과감히 마음을 비우려 노력하자. 상대방의 사소한 행동 하나하나에 의미부여하면서 설렐 이유도, 실낱같은 가능성에 온 힘을 다해 매달릴 이유도 없다. 노력한다고 이어질 사이였다면 당신이 마음을 보여줬을 때 이어졌을 테니까.

누군가를 좋아한다는 이유로 당신이 스스로를 업신여겨도 되는 것은 아니다. 자신을 초라한 사람으로 만들면서까지 누군가를 좋아하는 일에 힘쓰지 않았으면 한다.

자존감을 갉아먹는 연애란

연애할 때 행복한 날보다 싸우고 속상한 날이 더 많다면 한 번쯤 멈춰 서서 그 관계를 되돌아보자. 아무리 사랑해도 나 자신을 잃어가면서 연애하면 안 된다. 잘못된 관계임을 알면서도 사랑하는 마음이 너무 큰 나머지 헤어지지 못한다면 상대는 당신이 곁에 있는 것을 당연하게 여기고 더 자기중심적으로 행동할 것이다.

하지만 사랑에 빠진 사람들은 해로운 관계를 잘 끊지 못한다. 그놈의 정 때문에, 혹은 앞으로 잘하겠다는 상대의 허황된 맹세 때문에 몇 번이고 이별과 재회를 반복한다. 앞으로도 비슷한 문제로 싸울 것임을 짐작하면서도, 결국 상처받는 사람은 자신뿐이라는 사실을 잘 알면서도 상대방을 너무 사랑하기 때문에 전부 괜찮아질 거라고 믿으며 그 사랑을 지속한다. 결과는 악순환이다. 달라질 것이라 기대하며 재회한 두 사람은 처음과 같은 이유로 이별을 맞이한다.

자신을 갉아먹는 연애를 하는 이들에게, 그 관계를 꾸역꾸역 이어나가려는 사람들에게 단호하게 말해주고 싶다. 사람은 그렇게 쉽게 안 바뀐다. 한번 상처를 준 사람은 반드시 또 상처를 준다. 그것도 같은 자리에 같은 상처를 낸다. 상처를 안 줄 사람은 처음부터 안 준다. 처음이라서 실수하는 일조차 없다는 말이다. 하물며 상처를 주고받는 게 일상인 관계는 절대 사랑이 아니다. 당장은 상대를 향한 마음이 깊어 헤어짐이 두렵겠지만, 나를 더 사랑한다면 나를 병들게 하는 관계는 반드시 끊어내야 한다.

다시 한번 생각해보자. 사랑과 자존감을 맞바꿔야만 하는 연애가 과연 건강한 연애일까. 따뜻한 기운을 주고받으며 함께 행복해지는 것은 연인 간의 약속이며 서로에 대한 존중이다. 잘하겠다는 말만 되풀이하고 변하지 않는 사람, 당신과의 관계를 소중히 여기지 않는 사람은 당신의 사랑을 받을 자격이 없다. 연애도 많이 경험해봐야 한다는 말이 있지만, 그것도 사람을 봐가면서 해야 한다. 당신이 소중한 시간을 낭비하지 않았으면 한다. 진정한 사랑이 담겨 있지 않은 연애는 안 하느니만 못하다.

아무리 사랑하는 사람이라 하더라도 당신을 상처 줄 자격은 없다. 너무 진부한 말이라 잘 와닿지 않을 수도 있지만, 상처받기엔 당신은 무척 소중한 존재라는 것을 언제나 기억했으면 한다. 누군가를 사랑하는 일도 중요하지만, '잘' 사랑하기 위해서는 나를 사랑하는 일부터 챙겨야 할 것이다.

사랑이
지나가더라도

오랜 연애 끝에 결실을 보아 결혼까지 이어지는 커플도 있는 반면 잡았던 손을 놓고 각자의 길로 접어드는 커플도 있다. 모든 관계에는 시작과 끝이 있지만 연인 사이의 헤어짐은 유난히 큰 고통으로 다가온다. 어디서부터 잘못된 걸까, 최선을 다했던 그 시간은 아무것도 아니었을까, 내가 다시 누군가를 사랑할 수 있을까… 그런 마음으로 지나간 사랑을 곱씹는다.

하지만 공들였던 관계가 끝났다고 해서 삶 전체를 회의하지 않았으면 한다. 이별의 책임을 상대 혹은 자신에게 돌리며 탓할 필요도 없다. 이별은 누구의 잘못도 아니다. 두 사람 모두 최선을 다했다. 인연이 다했다고 해서 사랑했던 시간까지 의미가 사라지겠는가. 그 인연은 필요한 시기에 제 역할을 다한 후 퇴장할 때가 되어 무대에서 내려간 것이다. 나눠 받았던 체온은 더 이상 남아 있지 않더라도 그 따뜻함에 안도했던 기억은 가슴 어딘가에 남는다. 그리고 다음 사랑을 시작했을 때 나도 상대에게 온기를 나눠줄 수 있는 용기가 된다.

한번 상처받았다고 다음 연애까지 망칠까 두려워 지나치게 전전긍긍하지 말자. 다가올 사랑에 조바심을 느끼며 애를 태우기보다 나는 당신이 마음의 여유를 갖기를 바란다. 연인과의 사랑이 삶의 전부인 것도 아니다. 누군가와 함께해서 빛이 나는 게 아닌, 혼자 있어도 빛이 나는 사람이 되도록 먼저 노력한다면 그 빛을 알아보는 사람이 자연스레 나타나지 않을까. 원래 좋은 사람 곁엔 좋은 사람이 함께하기 마련이니 말이다. 나를 가꾸고 사랑할수록 나와 비슷한 사람을 만날 수 있다고 확신한다.

누군가에게 삶을 의존하기보다 스스로 삶의 주인이 되어서 그 삶을 잘 일굴 줄 알아야 한다. 나를 사랑하는 사람만이 남을 사랑할 수도 있고 그 사랑을 더 풍요롭게 꾸려갈 수도 있다. 지금 당신 곁에 사랑하는 이가 있든 없든 당신은 행복해질 수 있다. 그리고 좋은 연인이 찾아온다면 서로가 발견한 행복을 마음껏 나누며 또다른 행복의 풍경에 다다르길 바란다.

✧
✦

나눠 받았던 체온은 더 이상 남아 있지 않더라도
그 따뜻함에 안도했던 기억은 가슴 어딘가에 남는다.
그리고 다음 사랑을 시작했을 때
나도 상대에게 온기를 나눠줄 수 있는 용기가 된다.

외롭다고
사랑하지 말 것

사람은 누구나 외롭다. 겉으로는 행복해 보이는 사람일지라도 자세히 들여다보면 외롭다. 우리가 불완전한 존재인 한 세상에 외롭지 않은 사람은 없다. 외로움의 성격과 강도가 다를 뿐이다. 하지만 우리는 너무 자주 이 사실을 잊는다. 그리고 나만 혼자인 것 같다는 생각에 무리하게 연애를 시작하기도 한다.

정말 잘못된 선택이다. 그런 마음가짐으로 연애를 시작하는 것은 상대에게도 미안한 일이지만, 무엇보다 스스로에게 가장 미안한 일이다. 외롭다고 아무나 만난다면 그 연애의 방향은 최악으로 흘러갈 수밖에 없다. 상대에게 나의 짐을 떠맡기고 의지하려고만 하는 연애에서는 내가 철저히 '을'이 되기 때문이다.

사랑도, 연애도 다 때가 있는 법이다. 그 시기는 홀로 설 준비가 되어 있는 자만이 결정할 수 있다. 내가 자립할 수 있을 때, 외로움에 지배당하지 않을 때, 나 혼자서도 행복하고 안정적인 시간을 보낼 수 있을 때 연애해야 그 관계도 사랑도 휘청이지 않는다.

연애는 숱한 인간관계 중에서도 유난히 상대와 나의 거리를 조절하기 힘들다. 서로에게 미치는 감정의 영향도 크고, 상대방의 규칙과 나의 규칙을 절충하면서 우리만의 세계를 견고하게 만들기까지도 에너지가 많이 든다. 마음의 여유가 없을 때 하는 연애는 어떤 모습일까. 하루가 멀다 하고 사소한 일로 다투고, 상대방의 진심을 의심하며, 상대방이 내게 주는 사랑에 만족하지 못해 갈급한 나날이 이어질 것이다. 결국 당신은 더 외로워질 것이다. 과연 이런 연애를 누가 하고 싶을까.

나는 당신이 타인을 포용할 여유가 있을 때 연애를 시작했으면 좋겠다. 외로움이 사무쳐 아무에게라도 기대고 싶은 마음은 이해하지만, 마음의 여유가 없으면 아무리 좋은 사람을 만나도 공허하기 마련이다. 외로움을 인정하고 혼자 있는 시간을 무서워하지 않는 연습부터 충분히 해야 한다.

안정된 마음으로 세상을 살아가다 보면 결국 나에게 잘 맞고 함께 있을 때 편안한 사람이 찾아온다. 지금 사랑하는 사람이 곁에 없더라도 너무 조급해하지 않았으면 한다.

좋은 시기에, 좋은 사람에게
좋은 사랑만 주고받기에도 부족한 당신이니까.

관심과 연락은 비례한다

메신저 알림을 쌓아두질 못하는 성격이다. 상대가 용건이 있어서 메시지를 보냈다고 생각하면 마음이 조급해지기 때문이다. 그런 성격 탓에 아무리 피곤해도 답장은 즉각 하는 편이다.

반면 그때그때 답장하는 것을 힘들어하는 이들도 많다. 사람마다 성향이 다르니 당연히 그들의 속도를 존중한다.

그런데 어느 날은 며칠이 지나도 오지 않는 답장을 기다리다가 불쑥 답답한 마음이 들었다. 그래서 평소 답장이 느린 친구에게 물어봤다.

"메시지를 쌓아두면 마음이 불편하지 않아?"

친구는 대수롭지 않다는 듯 대답했다.

"전혀. 진짜 급한 용무가 있는 사람들은 보통 전화를 하잖아."

그의 대답을 듣고 내심 부러웠다. 나는 답장을 하지 않으면 상대방이 나를 걱정할까 봐 불안한데, 그는 조금도 개의치 않는 듯 보였다. 나는 친구에게, 그럼 항상 사람들을 며칠씩 기다리게 하냐고 물었다. 그러자 친구는 웃으며 그럴 리가 있냐고, 가까운 사람들에게는 가급적 빨리 답장한다고 말했다. 만약 자신이 나에게서 온 연락을 미루기만 했다면 오늘 우리가 만날 수 있었겠냐면서.

친구의 말대로 나는 평소 그와 연락할 때 큰 불편함을 느끼지 못했다. 답장이 조금 늦으면 바쁜가 보다, 하고 넘어갔다. 특별히 서운해하거나 그를 나무란 적도 없었다. 연락의 속도나 방식은 다르더라도 우리는 분명 친밀한 관계였고, 서로에게 유대감을 느끼고 있다고 확신했기 때문이다.

하지만 모든 사람이 그와 같지는 않았다. 간혹 나 혼자만 친하다고 착각하는 게 아닐까 고민하게 만드는 사람들도 있었다. 며칠이 지나도 메시지를 확인하지 않는 사람들, 이른바 '안읽씹'을 상습적으로 하는 사람들. 그들은 미리보기로 메시지 내용을 확인하고 자신이 내키는 화제가 아니면 채팅 창을 누르지 않는다. 그러다 심심할 때, 혹은 필요한 게 있을 때 갑자기 '미안, 답장을 깜빡했네. 그런데 내가 급한 일이 있는데…' 하면서 자기 용건만 해결하려 한다. 아마 생각나는 얼굴이 주변에 한 명쯤은 있을 것이다. 서운한 마음에 왜 이렇게 연락이 안 되냐고 물으면 이들은 하나같이 너무 바빠서 답장할 시간이 없었다고 대답한다.

답장할 시간이 없었다는 말은 핑계다. 우리는 하루 동안 얼마나 많은 시간을 핸드폰을 손에 쥔 채 보내는가. 또 얼마나 많은 사람과 메시지를 주고받는가. 연락할 시간이 없는 것이 아니라 연락할 마음이 없었다는 진실을, 아프지만 받아들여야 한다. '혹시 집에 무슨 일이 생겼나?' '어디 아픈 건 아닌가?' 오지 않는 답장을 기다리며 걱정하는 당신만 우스워진다.

아무리 마음을 퍼줘도 돌아오는 게 없는 관계는 끝없는 외로움을 낳는다. 무리하게 붙잡고 있어봤자 상처만 키울 뿐이다. 허무한 관계 속에서 상처받지 않으려면 하루빨리 인연을 정리하거나, 그들이 당신을 대하는 마음의 크기 만큼만 당신도 마음을 주라고 말하고 싶다.

하지만 참 서글프게도, 관계를 소중히 여기는 사람들은 계산적으로 사람을 대하기가 세상에서 가장 어렵다.

그 선 넘지 말아줄래

사람마다 타협할 수 없는 자신만의 기준이 있다. 흔히 그것을 '자기만의 선'이라고 말한다. 다양한 사람들이 한 곳에 섞여 살아가는 이 사회에서는 그 선이 침범당해 마찰하는 순간도 종종 생긴다.

학창시절에는 친구라는 명목하에 허물없이 서로를 대하며 가까워졌지만, 성인이 되어 사회에 발을 내디뎠을 때는 이야기가 달라진다. 내가 타협할 수 없는 선이 있는 만큼 상대에게도 타협할 수 없는 선이 있고, 그 경계를 잘못 건드리면 관계를 돌이킬 수 없음을 차츰 깨닫는다. 그 사실을 알고 있다면 타인을 함부로 대할 수는 없다. 내가 대우받고 싶으면 남에게도 그에 걸맞은 대우를 해줘야 한다.

친분이 상대를 막 대해도 되는 기준은 아니다. 친하니까 괜찮다며 선을 훌쩍 넘어버리곤 "에이, 우리 사이에 그럴 수도 있지"라며 어물쩍 넘어가려는 태도는 최악이다. 친할수록, 가까울수록, 소중할수록 상대가 소중히 여기는 것과 용납할 수 없는 것을 파악하고 조심스럽게 관계를 이어가야 한다.

화내기 전에 시간을 가지자

화는 당연하고 자연스러운 감정이지만, 화가 난다고 감정을 곧이곧대로 분출하면 사회생활에 큰 곤란을 겪는다. 특히 다른 데서 얻은 분노를 상관없는 사람들에게 풀지 않도록 조심해야 한다. 간혹 은근히 까칠하게 굴어서 자신이 기분이 안 좋다는 사실을 주변에 내비치는 사람이 있는데, 분명히 말하지만 이런 태도는 자신의 평판을 깎아먹는 짓이다. 눈치 보지 말고 살라는 이야기가 남을 눈치 보게 만들라는 이야기는 아니다.

화가 난 상태에서는 언행을 실수하는 일이 잦다. 현명

한 사람은 이 점을 깨닫고 자신의 마음을 잘 다스린다. 만약 누군가 나를 화나게 만들더라도 앞으로 계속 마주쳐야 할 사람이라면 평정을 되찾을 때까지 잠깐 시간을 가지자. 느끼는 감정을 그대로 분출하는 것만이 화를 표현하는 방법은 아니다. 울컥울컥 치미는 머릿속 생각들이 빠져나갈 시간을 주고, 조금 다듬어진 표현들이 내 안에 다가오면 다시 그를 찾아가도 좋다.

흥분해서 소리를 지르는 사람보다 조곤조곤 자신의 감정을 설명하는 사람이 타인의 호감과 지지를 얻는다. 기분이 상했다고 똑같이 공격하려 달려드는 사람은 미성숙하다는 꼬리표가 따라붙지만, 화가 나는 순간에도 상대에 대한 예의를 지키는 사람에겐 진중한 사람이라는 평가가 따라붙는다. 순간의 화를 주체하지 못해서 나중에 크게 후회하지 말고, 잠깐 시간을 가진 후 성숙하게 소통해 평판을 높일 기회를 만들자.

친구 관계를 오래 유지하려면

나이를 하나둘 먹어갈수록 뼈저리게 실감한다. 새로운 사람과 인연을 맺어 친구가 되는 것보다 기존의 친구 관계를 잘 유지하는 것이 더 어렵다.

학창시절 어른들에게 귀에 못이 박히도록 들었던 말이 있다.

"어릴 때 만든 친구가 평생 간다. 어른이 되면 나와 잘 맞는 친구는 찾기 어려워."

"지금 옆에 있는 친구가 진짜 친구들이야."

대충 이런 내용이었다. 근데 살아보니 꼭 그렇지만은

않더라. 어른이 되어 활동 반경이 넓어지고 다양한 집단에 속하게 되자 나와 잘 맞는 사람을 만날 기회가 많이 생겼다. 어느덧 예전부터 알고 지내던 이들보다 새롭게 알게 된 이들과 더욱 가깝게 삶을 공유한다.

한평생 곁에 있을 것처럼 함께 웃고 떠들던 친구들도 어느새 내가 없는 곳에서 각자의 삶을 꾸렸다. 만남의 빈도가 차츰 줄어들고, 공감할 만한 화제도 예전처럼 많지 않다. 서로의 안부가 궁금해도 막상 시간을 맞춰 만나기가 힘들다. 사실 아무리 누군가와 깊은 우정을 나눈다 하더라도 그 사이가 영원할 수는 없다. 원래 관계라는 것이 그렇다. 유대감을 만들기까지 오랜 시간이 걸리지만 어렵게 만든 유대감을 오래 이어가기 위해서는 그보다 더 큰 정성을 들여야 한다.

시간이 나면 보는 것이 아니라 시간을 내어 만나자. 말 안 해도 알아주길 바라지 말고 말과 행동으로 마음을 표현하자. 과거의 기억을 곱씹으며 그때를 그리워할 것이 아니라 앞으로 함께할 미래를 계획하자. 연인끼리의 사랑이든, 친구 간의 우정이든. 어떤 인연도 저절로 유지되지 않으니까.

가깝게 지내는 사람이 내게 주는 힘은 상당하다. 좋은 사람들이 내 곁에 계속 머물도록 언제나 노력해야 하는 이유다. 내가 그들에게 좋은 영향과 기운을 받듯이 그들도 내게 좋은 영향과 기운을 받길 바라면서. 당신이 최선을 다하지 못했다는 이유로 좋은 인연을 놓치고 뒤늦게 그들을 그리워하지 않았으면 한다.

시간이 나면 보는 것이 아니라 시간을 내어 만나자.

말 안 해도 알아주길 바라지 말고 말과 행동으로 마음을 표현하자.

과거의 기억을 곱씹으며 그때를 그리워할 것이 아니라

앞으로 함께할 미래를 계획하자.

열 마디 잔소리보다 무언의 믿음을

갓 운전면허를 따서 도로주행 연수에 나가본 사람은 알겠지만, 강사가 너무 말이 많거나 작은 실수에도 버럭 소리를 내지르면 초보운전자는 위축되어 자신감을 잃는다. 강사의 잘못된 가르침으로 운전에 감을 잡지 못한 초보운전자가 도로에 나가면 큰 사고를 겪는다.

이처럼 잘되라고 다그치거나 꾸짖는 소리가 도리어 독이 될 때가 있다. 때로는 열 마디 잔소리보다 무언의 믿음이 더 큰 힘이 된다. 나 역시 누군가가 나를 믿어줄 때 더 크게 발전하여 성과를 내는 편이다.

내가 무언가를 시도하려 할 때 잘한다고 계속 추켜세워 주진 않더라도, 말리지 않고 한번 해보라며 믿음을 주는 사람. 그 믿음에 보답하고 싶어서라도 포기하지 않고 용기를 내려 노력했다. 그러다 보면 대체로 좋은 결과가 뒤따랐다.

반대로 그간 함께했던 사람 중에 다시는 마주치고 싶지 않은 부류의 특징은 이렇다. 첫 번째로는 뭘 제안하든 무조건 안 된다, 실패한다는 말만 되풀이하는 사람. 이런 사람들은 왜 안 되는지, 그럼 어떻게 하면 좋은지 의견도 말해주지 않는다. 의욕을 가지고 도전하려는 사람까지 기운 빠지게 만드는 유형이다.

두 번째로는 앞에서는 "함께 열심히 해보자"라고 해놓고 뒤에서는 남의 일인 양 아무것도 하지 않는 사람. 기대했다 실망하길 반복하게 만드는 유형으로, 자신의 말에 책임감이 없어 함께 일할 때 신뢰하기 어렵다. 허황된 믿음은 일시적인 순간만 모면할 뿐 아무 도움도 되지 않는다.

세 번째는 자기 확신이 너무 큰 탓에 타인의 능력을 의심하고 사사건건 꼬투리를 잡으며 자기 방식대로 통제하려는 사람. 사람마다 장점과 스타일이 다름을 인정하지 않고 자신과 다르다는 이유로 상대의 가능성을 보지 못한다. 그 결과 상대가 자신의 능력을 의심하고 자신감을 잃게 만든다. 이런 특징을 가진 사람들과 함께하면 당신의 성장 속도는 분명 저하될 것이다.

진실한 믿음이야말로 사람을 성장시키는 가장 큰 동력이다. 상대에게 받는 믿음이든, 스스로에게 받는 믿음이든. 어떤 형태든지 믿음이 나를 더 발전하게 하는 것만은 분명하다. 불만, 불신으로 가득 차 있거나 일시적으로 믿음을 이용하는 관계에 연연하지 말고, 진정 나를 믿어주며 지지하는 이들과 함께하자. 무엇보다, 내가 나에게 믿음을 주는 첫 번째 지지자가 되어주자.

받은 만큼만 마음을 돌려줄 것

대가 없이 퍼주는 건 그냥 호구다. 잘해주면 호구 취급 당한다는 말이 그래서 생겼다. 사람의 마음을 악용하는 사람들을 사회 곳곳에서 자주 겪게 되자 나도 그 말에 고개를 끄덕이게 되었다. 동시에 다짐했다. 내가 상처받지 않을 정도만 베풀며 살자고.

완벽하게 이타적인 심성으로 태어나 아무것도 돌려받지 못해도 상관없다면 지금 모습 그대로 베풀며 살아도 괜찮다. 하지만 괜한 보상심리를 버리지 못해 스트레스받을 거라면 차라리 내 것만 챙기면서 인생을 사는 편이 편할 수 있다. 모두에게 좋은 사람으로 세상을 살아가기엔 이기적인 자들이 너무 많다. 앞에서는 교양 있는 사람처럼 행동하다가 뒤돌아서면 자기 잇속 챙기기에만 급급한 사람들. 그런 사람들에게 잘 보이려고 비위를 맞출 이유가 없다. 당신에게 얻어낼 것이 없으면 언제든지 차갑게 돌아설 사람들인데, 왜 당신이 그들의 눈치를 봐야 하는가?

편하게 생각하자. 내가 받는 마음만큼, 딱 그 정도 크기로만 마음을 돌려주면서 살아라. 무르게 마음을 내어주면 사람들은 그게 당연한 줄 안다. 친절을 베풀어도 고마움을 모르고 더 이용할 생각만 하는 사람들이 세상에 널렸다. 나의 마음을 지키기 위해서라도 동화 속 착한 아이 역할에서 벗어나자. 적당히 자신을 챙기며 살아가도 뭐라 할 사람은 없다.

관계를 나보다 우선시하지 말자

타인과 관계를 유지하는 데는 상당한 노력이 필요하다. 내 주변이 온통 나와 잘 맞는 사람들로 가득 차 있어서 특별히 애쓰지 않아도 관계가 자연스럽게 이어진다면 참 좋겠지만, 인간관계는 대체로 나와는 다른 성격을 가진 사람들과 합의점을 찾으며 서로에게 맞춰가는 과정이다.

나는 한때 인간관계에 온 힘을 쏟아붓는 사람이었다. 어떤 사람이든 내가 노력만 하면 더 깊은 사이로 발전할 수 있다고 믿었다. 그래서 내 기분보다 상대의 기분을 우선했고, 그 사람이 듣고 싶어 하는 말을 들려주려 노력했다. 나를 좋아하지 않는 사람에게 잘 보이고 싶어서 그 사람의 입맛에 맞는 사람이 되고자 노력했다. 갈등이 생기면 불편해질 뿐이기에 불만이 있어도 입을 다무는 것이 정답이라고 생각했다.

누구에게나 좋은 사람이 되고 싶어서였을까? 일방적인 관계에서는 아무것도 돌려받지 못하는데 나는 왜 그렇게까지 노력했던 걸까? 내가 쏟아부은 시간과 정성이 무색하게도, 비참함만 남기고 떠나간 인연이 너무나 많았다. 돌이켜보니 내가 그간 했던 행동들은 나를 초라하게 만들고 있었다.

나를 달갑게 생각하지 않는 사람에게까지 잘 보이려 애쓰는 일만큼 허사는 없다. 모든 노력은 소중하고 의미가 있지만, 노력의 방향을 잘못 설정한 것은 아닌지 돌아보는 일도 중요하다. 보답받지 못할 관계에 전력을 다하는 것은 나를 소진하기만 할 뿐이다. 나를 존중해주는 사람, 나를 잃는 것이 두려운 사람. 다시 말해 나를 소중하게 여기는 사람들. 그들과 즐겁게 지내기에도 인생은 너무 짧지 않은가.

그냥, 너라서 좋아

친구나 연인, 동료와 이따금 싸우고 화해하는 날이 있겠지만 어떠한 이유로도 나를 바꾸려는 사람을 계속 곁에 둬서는 안 된다. 서운한 일이 있으면 대화를 통해 풀고 더 단단한 관계로 나아가면 된다. 하지만 나의 개성이나 정체성을 부정하는 사람과는 오래가기 힘들뿐더러 억지로 인연을 유지하려 해봤자 서로 실망만 남긴다.

아닌 건 아닌 거다. 맞지 않는 신발에 발을 욱여넣어봤자 신발은 망가지고 내 발도 병을 얻는다. 아무리 소중한 사람이라 할지라도 타인의 기대를 온전히 충족하기란 애초에 불가능하다. 하물며 나를 있는 그대로 받아들이지 못하고 다른 사람이 되길 요구하는 사람이라면 함께하는 시간이 편할 리 없다. 그는 변하지 않는 나를 답답해하고, 나는 언제나 그에게 미안함을 느끼게 된다. 차라리 일찍 관계를 정리하는 편이 서로 덜 상처 받는 길이다.

나 자신을 바꿔가면서까지 상대의 요구에 맞춰주지 않았으면 한다. 변하지 않아도 나는 충분히 매력 있는 사람이고, 내 모습 그대로 나를 사랑하는 사람들도 많다. 내 가치를 몰라주는 이에게 구태여 매달릴 이유가 없다. 인연이 어긋난 건 내가 부족하거나 그 사람이 나빠서가 아니다. 그저 아무리 노력해도 서로를 받아들일 수 없는 관계도 있을 뿐이다.

'그냥 너라서 좋아'라는 말.
언제 들어도 기쁘고 감사한 말이다.

그리고 지금, 있는 그대로의 당신 모습 또한
다른 이유 없이 그저 당신이라서 좋다.

오래도록 함께하고 싶은 사람

오래도록 함께하고 싶은 사람들에게는 공통점이 있다. 자주 만나지 않더라도 함께하는 시간만큼은 즐겁고 편안하다는 점이다. 대화할 때 상대방을 존중한다는 느낌을 주는 것. 상대방의 말 한마디 한마디에 귀 기울이고 공감하는 것. 간단해 보이지만 직접 해보면 생각보다 쉽지 않다. 자신의 이야기를 하고 싶다는 욕심을 내려놓고 온 신경을 상대방의 이야기에 집중시키는 것은 정말로 진심이 담겨 있어야 가능한 일이다. 그 사실을 잘 알고 있기에 나는 대화가 편안한 사람들과 오래도록 함께하고 싶다. 내 이야기에 같이 빠져들어 조심스럽게 생각을 나누는 사람. 내 일을 자신의 일처럼 기뻐하고 슬퍼하는 사람. 그들이 조건 없이 나와 함께해주는 것처럼 나도 그들에게 묵묵히 곁을 지켜주는 사람이 되고 싶다.

나이가 들수록 편협한 사람이 주변에 너무 많다는 사실을 깨닫는다. 그런 사람들은 마치 자신의 생각만이 정답인 것처럼 타인을 함부로 평가하고 재단한다. 묻지도 않았는데 인생 선배를 자처하며 남에게 훈수를 둔다. 부끄러움은 언제나 지켜보는 사람 몫이다. 하지만 불편한 사람들이 세상에 넘쳐나기에 오래 이어가고 싶은 인연들이 더욱 빛나 보인다.

함께할 때 나를 돋보이게 해주는 사람.
행복을 느끼게 해주고 자주 웃음 짓게 해주는 사람.

그들에게 언제나 감사하다. 받은 만큼 돌려주는 것은 불가능하겠지만, 부족하더라도 감사한 마음을 천천히 갚으면서 살아가야겠다. 인생을 살아가는 동안 오래도록 함께하고 싶은 사람이 있다는 것은 정말 큰 행운이다.

CHAPTER 3

무사히 오늘을 살아낸
당신에게

지금 이 순간에 집중하는 법

피곤하고 울적한 일만 가득했던 것 같은 하루도 유심히 살펴보면 기쁘고 즐거운 순간이 숨어 있다. 하지만 우리는 즐거운 순간을 무심결에 지나치고 기억에서 흘려보낸다. 이것은 인간의 뇌가 긍정적인 정보보다 부정적인 정보를 더 강렬하게 기억하도록 설계되었기 때문이기도 하지만, 한편으로는 우리가 행복이 찾아와도 그 순간을 충분히 만끽하지 못한다는 방증이기도 하다.

머릿속에 너무 많은 생각을 담고 살아가는 우리는 모처럼 주어진 찰나의 행복에도 집중하지 못한다. 가령 반려

견과 산책하러 나갔다고 가정해보자. 반려견은 당신과 함께 시간을 보낸다는 사실에 신이 난 기색을 감추지 못하고, 항상 지나치던 산책길에서도 매일 새로운 풍경을 발견하며 즐거워한다. 귀를 쫑긋 세우고, 코로 냄새를 맡으며 세상을 궁금해한다. 다시 말해 산책을 즐기는 현재의 감각에 충실하다. 하지만 인간은 아무리 근사한 풍경이 눈앞에 펼쳐져도 마무리 짓지 못한 업무, 매듭짓지 못한 인간관계 등을 떠올리면서 그 시간을 낭비한다. 눈에 안 보이는 일들을 걱정하느라 정작 눈에 보이는 좋은 풍경을 머리에 담지 못하는 것이다.

나 역시 현재에 온전히 집중하려 해도 근심과 걱정이 뒤따라와 내 마음을 방해했다. 친구와 만나 웃고 떠드는 와중에도 머리 한구석에서는 밀린 업무를 떠올리며 우울해했다. 그런다고 실제로 일이 줄어드는 것도 아닌데 말이다. 그런 날은 결과적으로 친구와 즐거운 시간을 보낸 날이 아니라, 일 생각으로 초조하게 보낸 하루가 되었다.

삶의 기쁨을 누리는 첫 단계는 현재에 온전히 집중하는

것이다. 이는 의식적으로 노력해야 하는 부분이다. 나에게 주어진 여유롭고 즐거운 순간을 알아차리고 그 시간에만 내가 존재하는 것. 걱정은 해도 끝이 없다. 그리고 우리가 하는 걱정은 대부분 일어나지 않을 일이라고 하더라. 그러니 좋은 순간에는 그냥 좋은 감정만 느끼려고 한다. 참 씁쓸한 게, 불안과 걱정은 알려주지 않아도 곧잘 찾으면서 왜 눈앞의 기쁨은 보고도 지나치는지 모르겠다. 삶에서 발견하는 작은 기쁨이야말로 내일을 다시 살아갈 힘인데도 말이다.

작은 일에도 행복을 느끼자. 그 기쁨을 사람들과 나누자. 고개만 돌리면 즐거운 일이 곁에 있음을 기억하자. 하루 동안 내가 놓친 유쾌한 순간이 뭐가 있었는지 떠올려보자. 사랑하는 사람에게 오늘은 행복한 날이었다고 말할 수 있도록.

휴식의 필요성

너무 바쁘게 살아가지 않아도 괜찮다. 몸뿐만 아니라 마음의 분주함까지도 두루 살펴보자.

많은 이들이 삶에 여유가 찾아와도 제대로 쉬지 못한다. 마음 한구석에 자리한 불안 때문이다. 관계에서 비롯된 갈등과 학업 고민, 직장에서 겪는 고충까지 불안 요소는 어느 곳에나 존재한다. 우리가 살아가는 한 불안은 계속 생겨나기 마련이다. 하지만 내가 걱정한다고 해서 바뀌지 않는 것들은 내 힘으로 어쩔 수 없는 것임을 인정해야 한다. 그래야 마음이 조금이나마 편해진다.

쉴 땐 과감히 쉬어라. 휴식 시간조차 무언가를 이뤄야 한다는 강박을 가질 필요는 없다. 하루쯤은 일상의 짐을 내려놓고 그저 내가 하고 싶은 일을 해보자. 내가 멈춰도 세상은 하루아침에 크게 달라지지 않는다.

몸에 피로가 쌓이거나 마음이 복잡하여 집중력이 흐트러지면 당연히 일의 능률도 저하된다. '내가 지금 쉬어도 될까?'라는 의심이 든다면 오늘의 휴식은 내일을 더 기운차게 살기 위한 준비라고 여기며 죄책감을 털어버리자. 오래 걸어나가기 위해선 때로 멈출 줄도 알아야 한다.

멀리 나가지 않아도 좋다. 가끔은 고개를 들어 구름 모양을 관찰하고 길가에 핀 꽃을 눈에 담는 여유를 즐기기를. 미뤄둔 취미생활을 다시 시작하고, 가장 예쁜 접시에 평소보다 맛있는 음식을 담아 나에게 대접하기를. 자신의 삶을 사랑하며 매 순간 열심히 살아가는 당신은 충분히 여유를 누릴 자격이 있다.

당신은 대단한 사람

상처가 많은 사람은 어떤 모습일 것 같은가? 의심 가득한 눈으로 언제나 주변을 경계하다 작은 소음에도 지나치게 날을 세우는 사람? 며칠 밤을 새운 것 같은 어두운 안색으로 구석에 앉아 있다가 누군가 말을 걸면 싸늘하게 반응하는 사람? 그렇게 누가 봐도 한눈에 티가 나는 모습일까?

아니, 사실 전혀 그렇지 않다. 상처가 많은 사람은 타인에게 기대와 실망을 반복하면서도 겉으로는 평범하게 대화하고 매일매일을 웃으며 살아가는 이들, 어쩌면 당신 자신이다.

상처가 많은 이들의 마음은 항상 소란스럽다. 이들의 내면에서는 감정이 쉴 새 없이 움직이며 부딪히는데, 그 맹렬한 감정의 충돌을 중재하느라 모든 기력을 다 써버리기도 한다. 마음에 여분이 없으니 조금이라도 자신이 상처받을 조짐이 보이면 큰 불안을 느낀다.

감정은 물체가 아니기에 보이지도 만져지지도 않는다. 때문에 내가 지금 느끼는 불안의 실체를 확인할 방도는 없다. 하지만 불확실한 인생을 살아가면서 조금도 불안하지 않은 사람은 없다. 크기와 모양이 다를 뿐 저마다 가지각색의 불안을 안고 살아간다. 그 불안에 휘청일지언정 무너지지 않고 무사히 하루를 지나온 것은 분명 대단한 일이다.

당신이 조금 더 스스로를 너그럽게 보듬어주고, 칭찬해줬으면 한다. 어떤 불행이 기다릴지 모르는 하루에 기꺼이 발을 내딛고 꿋꿋한 걸음으로 지나왔으니 말이다. 상처가 있어도 그 상처를 덧나게 두지 않고 씩씩하게 미래를 향해 가는 당신은 대단한 사람이다.

나에게 조금만 관대해지자

혹시 지금, 남에게는 한없이 관대함을 베풀면서
자신은 너무 엄격하게 대하고 있지 않은지 돌아보자.
자신에게 관대해지는 것이 어려운 사람이라면
소중한 친구를 대할 때의 태도를 떠올려보면 좋겠다.

친구가 힘들 땐 귀를 기울이고 공감하며
또 진심으로 위로하고 아껴주지 않는가.
친구가 잘못했을 땐 사과 한마디에 마음을 풀고
사정을 설명하면 이해하려 노력하지 않는가.

소중한 친구를 때로는 위로하고, 때로는 용서하듯
내가 힘든 시기를 지나고 있다면 다정히 위로하고,
내가 잘못한 게 있어도 너무 몰아세우지 않길 바란다.

자신을 반성하는 태도는 필요하지만
포용력 없는 반성은 자책과 학대로 변질되기 쉽다.
아이의 잘못을 혼낸 뒤 끌어안아 다독이는 부모처럼
반성이 끝나면 반드시 자신의 마음을 안아주자.
내 마음에는 내가 숨 쉴 장소가 있어야 한다.
나의 내면을 나에게 안전한 공간으로 만들어야 한다.

자신에게 너그러워지는 것은 매력적인 일이다.
내면의 화가 줄어드는 걸 느낄 수 있으며
나의 단점을 확대해석하지 않고
그저 여러 모습 중 한 부분이라 여기게 된다.

타인을 너른 시선으로 바라볼 수 있다면
자신에게도 그 시선을 나눠주길 바란다.

아이의 잘못을 혼낸 뒤 끌어안아 다독이는 부모처럼
반성이 끝나면 반드시 자신의 마음을 안아주자.
내 마음에는 내가 숨 쉴 장소가 있어야 한다.
나의 내면을 나에게 안전한 공간으로 만들어야 한다.

내 삶의 결정권 사수하기

인생에서 중대한 결정을 내려야 하는 순간, 다른 사람 눈치를 보느라 이도 저도 못 하던 시절이 있었다. 주관대로 밀고 나가면 되는데도 '이 길을 선택하면 사람들이 나를 어떻게 생각할까' '남에게 피해를 주는 건 아닐까' '가만히 있는 편이 더 안전하지 않을까' 하는 고민들로 머릿속을 채워가던 나날이었다. 내 안에 정작 나는 없었다.

그 시절의 나를 떠올리면 많이 주눅 들어 있던 것 같다. 자존감이 낮은 사람들은 자신이 자존감이 낮다는 사실을 인지하지 못하는 경우가 많다던데, 내가 그랬다. 내 상태를 객관적으로 진단할 여유가 없었다. 그래서 지금 하는 생각들이 내 한계를 설정하는 일임을 모른 채 자진하여 무기력 속으로 걸어 들어갔다. 그리고 내 삶을 휘두를 권리를 직접 남들에게 쥐여줬다. 그렇게 해서 타인의 애정이라도 얻어내고 싶었다.

하지만 착각이었다. 내가 하고 싶은 일을 참는다고, 남의 눈치를 본다고 더 사랑받는 상황은 일어나지 않았다. 그들이 나쁜 사람이어서가 아니었다. 내가 중대한 문제라 여겼던 일들이 그들에게는 가볍게 관심을 가지다 뒤돌아서면 잊을 수 있는 '남 일'이었기 때문이다. 내가 어떤 선택을 했는지 그들은 기억조차 하지 못했다.

그때의 나에게 말해주고 싶다. 무리하게 남들 비위 맞춰서 결국 얻는 게 뭐가 있냐고, 아무것도 없다고, 그러니 시샘을 좀 받더라도 네가 하고 싶은 건 하라고.

상대를 위하는 마음이 지나치면 오히려 나에게 독이 되더라. 이왕 눈치를 본다면 타인이 아닌 자신의 마음에 눈치를 봤으면 한다. 지금 있는 자리를 떠날 때 후회를 남기지 않도록.

관계에 찾아온 꽃샘추위

봄이 찾아온 줄 알았는데 하루아침에 날이 쌀쌀해졌다. 새삼 꽃샘추위가 인간관계와 참 닮았다고 느낀다. 예고 없이 찾아온 추위처럼, 느닷없이 내리는 봄날의 눈처럼 쉽게 바뀌고 돌아서는 것이 사람 마음이다.

하루아침에 누군가가 나를 떠나가더라도 너무 당황하지 않았으면 한다. 상심하고 자책하면서 지나간 일을 곱씹고 헤집지도 않았으면 한다. 떠나간 이유를 나한테서 찾지 마라. 상대가 밝히지 않은 이유까지 내 몫이 될 순 없다.

지금 누군가 내 마음에 들어와 살고 있어도 이곳에 평생 머무르는 게 아니다. 어느 날 갑자기 내 마음에 들어왔듯, 또 어느 날 갑자기 내 마음에서 나갈 수 있다. 아무리 노력해도 멀어지는 관계도 있음을 잠연히 받아들이자.

이미 차가워진 사람의 마음을 돌리려 애쓰기보단
아직 차가워지지 않은 사람의 마음을 지키려 노력하자.
상처만 남기고 떠난 관계라면 더더욱 뒤돌아보지 말자.

끊임없이 비워지고 다시 채워지는 그 모든 과정이 인간관계다. 당신이 이 말을 꼭 기억했으면 좋겠다. 예상치 못해 더욱 차가운 바람이 찾아온다면, 예상치 못해서 더욱 눈부신 햇살도 분명 찾아올 것이다.

정이 많은 사람

가끔은 정이 많다는 것이 장점일까 단점일까 고민한다. 나는 정이 많은 편이다. 정이 많은 사람으로 살아오는 동안 좋은 일보다는 나쁜 일이 더 많았던 것 같다. 나쁜 일의 대부분은 가까운 인간관계 때문이었다. 사소한 일로도 쉽게 상처받았다. 정이 많기에 그 상처의 깊이는 배가되었다. 내가 상대를 생각하는 마음과 상대가 나를 생각하는 마음 사이에서 온도차를 느낄 때는 그렇게 서운할 수가 없었다. 마음을 많이 주는 사람은 인간관계에서 아쉬운 쪽이 되는데, 그 '아쉬운 쪽'은 언제나 나였다.

상처가 쌓이다 보니 어느 순간부터 아무에게나 정을 주지 않게 되었고, 관계에 대한 기준이 높아졌다. 하지만 그렇게 경계하고 경계한 끝에 정을 준 사람에게 실망하는 일이 생기면 그 타격감에 속수무책으로 무너져 오랫동안 회복하지 못했다.

아낌없이 마음을 내어줬던 친구가 있었다. 가진 게 많은 친구였지만 내가 그와 가깝게 지낸 것은 우정이라는 하나의 이유뿐, 다른 목적은 없었다. 친구의 성격은 비유하자면 늘 흐린 하늘과 같았다. 맑게 개는 날이 없는, 금방이라도 비가 쏟아질 것 같은 하늘. 친구는 일에만 몰두하느라 타인과 친밀한 관계를 잘 맺지 못했고, 건강을 챙기거나 취미생활을 즐기지도 않았다. 그래서 더 신경이 쓰였던 것 같다. 연락도 항상 내가 먼저 하고, 몸에 좋은 음식이 있으면 친구에게 자주 선물했다. 친구가 먼저 안부 전화를 거는 날은 없었지만 특별히 서운하진 않았다.

하지만 종종 불안했다. 감정 표현이 드문 친구였기에 내가 괜한 오지랖을 부려서 부담스럽게 만드는 건 아닐지 고민이 되었다. 혹시 상대가 원하지도 않는 마음을 내가 멋대로 줘버린 건 아닐까. 나를 귀찮게 여기면 어떡하나. 또 혼자 상처를 받게 될까 두려워지기도 했다.

그러다 한동안 친구에게 연락을 하지 못했다. 무슨 복이 터졌는지 일거리가 한꺼번에 몰려들던 시기였다. 머리 한쪽에 늘 친구에 대한 걱정이 있었는데, 잠잘 시간도 없이 일하게 되자 인간관계를 신경 쓸 마음의 여유가 사라졌다. 아무와도 연락을 주고받지 않은 채 두어 달이 지났을 무렵, 전화가 왔다. 전화를 받자 그 친구의 목소리가 들렸다.

"너 무슨 일 있어?"

평소 무뚝뚝하던 말투와는 다르게 걱정스러운 목소리였다. 그간 일이 너무 많아서 연락을 못 했다는 나의 자초지종을 듣고서야 친구는 다시 평소의 무뚝뚝한 말투로 돌아와 자신의 근황을 풀어놓기 시작했다. 통화 끝에 친구는 덧붙였다.

"생각해보니까 늘 네가 연락을 먼저 해줬더라고. 내가 그런 데 좀 둔해서… 아무튼 미안하고 고맙다."

정이 많은 것이 장점인지 단점인지는 여전히 잘 모르겠

지만, 상처를 잘 받는 만큼 그 상처가 다 씻겨나가는 감동의 순간도 있는 것 같다. 그런 순간을 안겨주는 사람이 곁에 있다면 나는 상처가 그리 겁나지 않는다.

떠나고 싶을 때
떠나는 용기

바다가 보고 싶으면 바다를 보러 떠나도 좋고,
과거가 그리우면 추억이 깃든 그곳으로 떠나도 좋다.

훌쩍 떠나고 싶다는 충동이 찾아왔다면 더 이상 일상을 지속할 수 없을 만큼 당신이 지쳐 있다는 뜻이다. 지루한 나날이 매일 반복된다고 느껴지는 하루가 있다. 별다른 이유도 없이 그냥 이 삶이 버겁다고 느껴지는 하루가 있다. 그제도, 어제도 잘 버텨왔던 여느 날과 똑같은 하루가 오늘따라 유난히 어렵게 느껴진다면, 그 순간이 바로 당신이 멈춰야 하는 순간이다.

한겨울 아무리 난방을 따뜻하게 틀어놓아도 집 안에 머무는 탁한 공기를 환기하려면 창문을 열어야 한다. 일상이 평온하고 잔잔하게 느껴져도 한 번씩 새로운 풍경을 눈에 담아 마음을 새로이 정비해줘야 한다.

떠나고 싶을 때 떠나는 것도 용기가 필요한 일이다. 이를테면 계획하지 않았던 연차를 갑작스레 쓴다거나, 당장 해결해야 한다고 생각했던 일을 오늘만큼은 과감히 내려놓자. 나를 위해 삶의 변칙을 허용해야 한다. 멈춤이 필요한 시점에 당신이 과감히 용기를 냈으면 한다.

휴식은 멀리 있지 않다. 오늘은 사랑하는 사람 손을 꼭 잡고 야경을 보러 가면 좋겠다.

비참해지려 애쓰지 않기

나만 힘든 것처럼 느껴지는 날이 있지.
자잘한 불운이 이상하리만큼 계속되는 날.

나는 당장 오늘을 살기도 버거운데
다른 사람들은 근사한 곳에 여행을 가서
맛있는 걸 먹고 또 여유로운 시간을 보내며
행복한 모습을 SNS에 공유하니 말이야.

그럴 수 있어, 당연히 그렇게 생각할 수 있지.
근데 있잖아. 사람 사는 거 다 똑같다?

화면 속에서 웃고 있는 그 사람들도 어느 날엔
다른 사람의 SNS를 보면서 우울에 잠길 거야.

감당하기엔 너무나 괴로운 순간이
자주 우리 삶을 두드리지만
그렇다고 매 순간 불행하지만은 않잖아.
우리에게도 좋았던 날이 있었고
좋은 날이 또 있을 거잖아.

네가 부러워한 타인의 모습도
파노라마처럼 길게 펼쳐지는 그들의 삶에서
좋은 순간에 속하는 한 장면일 뿐이야.

지금 찾아온 불행이 전부라고 생각하지 말자.
어떤 날은 그냥 어떤 날이라서 그렇다고 생각하자.
그래, 거기까지만.

감당하기엔 너무나 괴로운 순간이
자주 우리 삶을 두드리지만
그렇다고 매 순간 불행하지만은 않잖아.
우리에게도 좋았던 날이 있었고
좋은 날이 또 있을 거잖아.

어떤 인연은 흘려보내라

때로는 마음에 담아두기보다
흘려보내는 편이 나은 것들이 있다.
사람 사이의 문제가 그렇다.
정답이 없기에 늘 어딘가 답답한 기분.

하지만 누구에게나 자신과 잘 맞는 사람이 있고
이유 없이 어긋나는 사람이 있기 마련이다.
모든 사람이 다 나를 좋아할 수는 없다.
나 또한 모든 사람을 다 좋아할 수 없으니 말이다.

모든 인간관계에 연연하고
작은 일 하나하나까지 신경 써봤자
돌아오는 것은 아무것도 없다.

당신이 더 이상 인연이 아닌 사람 때문에
힘들어하지 않았으면 좋겠다.

관계에서 오는 근심을 담아두지 않기를.
그리고 어떤 인연은 이제 그만 흘려보내기를.

행복을 발견하는 눈을 단련하자

누구나 행복한 상상을 한다. 그리고 실제로 행복해지길 바란다. 불행해지길 바라는 사람은 살면서 한 번도 본 적이 없다. 모두가 행복을 원하지만, 각자가 정의하는 행복의 모습은 다 다를 것이다.

한때 '소확행'이라는 단어가 유행했다. '소확행'이란 '소소하지만 확실한 행복'의 준말로, 거대한 성취나 크나큰 행운을 통해서가 아닌 일상에서 소박한 기쁨을 누리며 행복해지는 삶의 경향성을 말한다. '행복은 멀리 있지 않다' 라는 격언처럼, 꼭 승진이나 결혼 같은 중대사에서만 행복을 찾을 필요는 없다. 평범한 일상에도 얼마든지 행복이 숨어 있으니까.

로또 1등에 당첨되어 부자가 되는 것만이 행복이라면 우리는 평생 행복해질 수 없을 것이다. 하지만 취향에 꼭 맞는 옷가게를 발견하거나 아무 생각 없이 들어간 음식점에서 '소울 푸드'를 만나는 순간도 행복이라면 우리는 하루에도 몇 번씩 행복한 사람이 될 수 있다.

퇴근 후 친구를 불러 마시는 맥주 한잔이 유난히 달고 시원하다든지, 밤늦게까지 이어질 것 같았던 업무가 일찍 마무리되어 집으로 향하는 발걸음이 가볍다든지, 한겨울 평소 다니지 않았던 길로 산책을 나갔다가 붕어빵 집을 발견해 쾌재를 부른다든지 하는 순간들을 잊지 말고 내 안에서 잘 대접해야 한다. 작은 행복을 누릴 줄 아는 자만이 큰 행복이 찾아왔을 때도 알아볼 수 있기에. 행복이 찾아오길 기대하지 말고, 행복을 발견하는 눈을 단련하자. 그렇게 우리, 행복해지자.

부족한 사람은 없다

당신은 스스로를 부족한 사람이라고 생각하는가?

분명히 말하지만 그런 생각은 사실도 아니며, 자신의 부족함을 곱씹을수록 자존감만 낮아진다. 과연 누가 당신 보고 부족하다고 말할 수 있을까.

세상에 부족한 사람은 어디에도 없다. 저마다 다른 개성을 지녔을 뿐이다. 그 개성은 때에 따라, 주변에 어떤 사람이 있냐에 따라 강점이 되기도 하고 약점이 되기도 한다. 상황이 차이를 만드는 것이지, 그 차이가 곧 가치는 아니지 않은가.

간혹 겸손해 보이고자 일부러 자신을 낮추고 깎아내리는 사람도 있다. 하지만 별다른 이유도 없이 움츠러든 모습을 보여봤자 사람들은 당신을 겸손하다고 평가하지 않는다. 오히려 당신이 스스로에게 내린 부정적인 평가를 기억하고 색안경을 껴 정말 그런 사람으로 낙인찍을 것이다. 자만한 사람이 되지 않기 위해 비굴해질 이유가 없다는 말이다.

내 가치는 타인의 존경을 받아서 생기는 게 아니라 내가 나를 사랑할 때 생겨난다. 내가 나를 잘 대접할 줄 알아야 내 가치도 높아진다. 그러니 당신에게 다시 한번 묻고 싶다. 아직도 당신이 부족한 사람이라고 생각하는가?

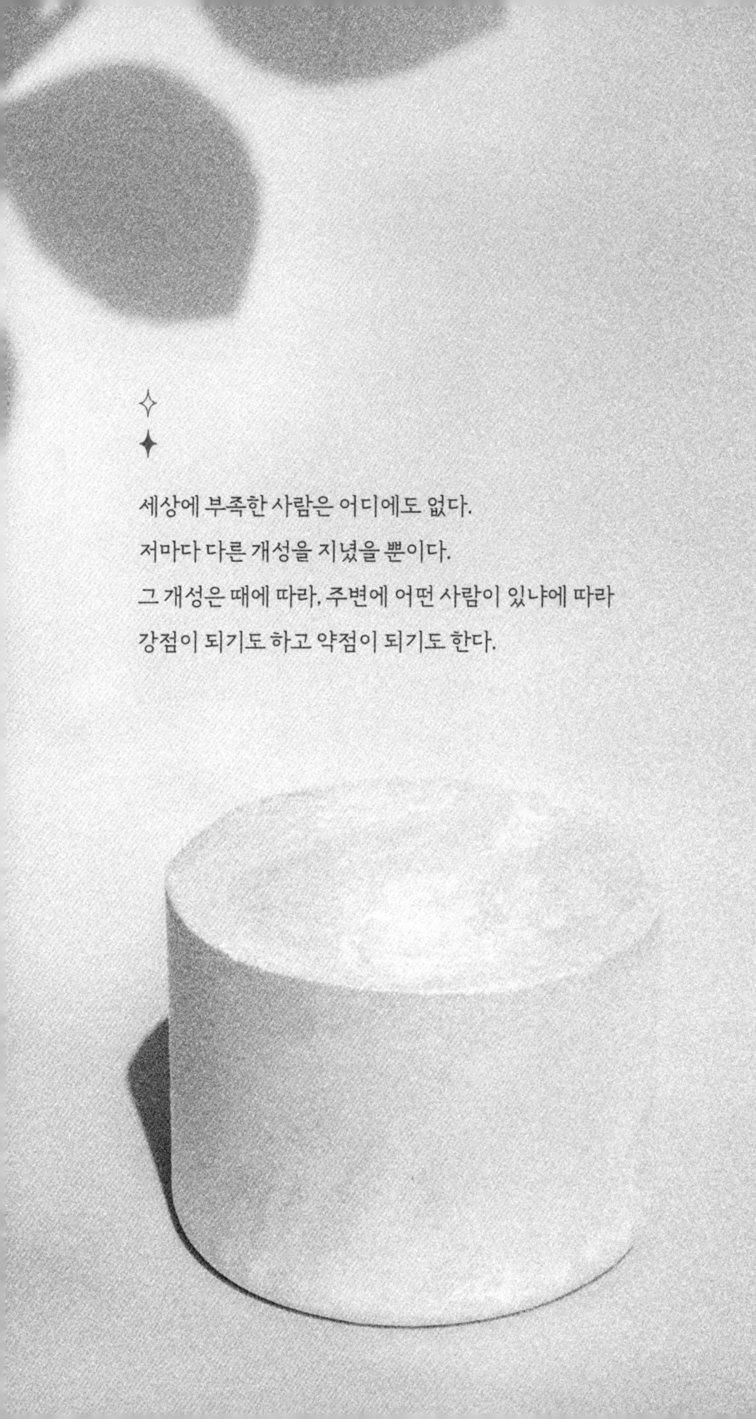

✧
✦

세상에 부족한 사람은 어디에도 없다.
저마다 다른 개성을 지녔을 뿐이다.
그 개성은 때에 따라, 주변에 어떤 사람이 있냐에 따라
강점이 되기도 하고 약점이 되기도 한다.

어 른 의 가 방

어른이 된다는 것은
자신을 책임진다는 것이다.
그 책임은 식비와 월세, 공과금, 대출금 등
내가 먹고 자며 세상과 관계 맺을 때
필요한 모든 자원을 스스로 마련하면서 시작된다.

어른의 가방은
그 누구도 대신 들어줄 수가 없다.
내 가방이니까, 오직 나만이 들 수 있다.

학창시절 메고 다니던 책가방 속
교과서의 무게는 언제나 어깨를 짓눌렀다.
나이가 들수록 가방에 담긴 것들은
점점 단순해지고 가벼워졌지만,
어쩐지 그때보다 훨씬 버겁고 숨이 차다.

가방을 잠시 내려놓을 곳조차
스스로 찾아야 한다.
가방을 다시 멜 타이밍조차
스스로 결정해야 한다.

다들 그렇게 열심히 하루하루를 살아간다.
무겁다고 덜어낼 수도 없는,
보이지 않는 책임감을 등에 메고.

지금 이 터널은 결과가 아닌 과정

타인의 시선을 너무 의식하지 않는 것도 문제지만, 타인의 시선을 지나치게 의식하는 것은 더 문제다. 남의 기준에 맞춰 삶을 살아가면 그 삶은 불행해질 수밖에 없다. 내가 '와, 멋지다' 하고 뼛속까지 감탄한 이들은 대체로 자신을 위해 살아간다는 기운이 풍기는 사람들이었다. 삶의 기준을 스스로 설정하고 자신의 길에 집중하는 사람에게선 빛이 난다.

타인의 평가를 너무 두려워하지 않았으면 한다. 남들이 나를 두고 던지는 부정적인 말들에 위축될 필요도, 스스로를 비하할 필요도 전혀 없다. 나를 시기하고 질투하는 시선이 느껴진다면 그들이 나를 더 시기하고 질투하도록 정상으로 도약하면 그만이다. 남을 깎아내리기 바쁜 사람들은 자신의 앞가림도 잘 못 하면서 패배의식에 젖어 있을 가능성이 높다. 패배자의 언행이 두려워 내가 걸음을 멈춘다면 그들의 바람대로 나 또한 패배자가 될 뿐이다. 당신은 그들과 다르지 않은가.

기나긴 터널 속에서 빛을 보기 위해 달려나가는 시간은 춥고 어두울 수 있다. 하지만 그 순간이 지나고 나면 반드시 찬란한 풍경이 찾아온다. 터널을 지나고 나면 터널 밖에서 손가락질했던 사람들은 입을 다문다. 오히려 "절대 못 할 줄 알았는데, 어떻게 해냈지?"라면서 당신을 재평가하고 동경하기 시작할 것이다. 그러니 자신을 의심하지 마라. 남의 시선을 의식하지 마라. 나의 길, 나만의 길을 끝까지 묵묵히 걸어가길 바란다.

지금 당신이 터널 속에 있다면, 그것은 당신 삶의 결과가 아니라 과정이다. 그 시간의 의미를 남들이 결정하게 두지 말자.

조금 늦어도 괜찮아

조금 늦어도 괜찮다.

나는 나의 속도로 가고 있을 뿐이니까.

오늘 하루도 열심히 살아가고 있을 당신에게 전한다.

크게 보면 우리의 인생은 일종의 마라톤이다. 숨 한 번 고르지 않으면서, 땀 한 방울 흘리지 않으면서 뛰는 것은 애초에 불가능하다. 여러 장애물이 우리를 방해할 수도 있다. 많은 변수가 생길 수 있다는 말이다. 물웅덩이에 신발이 젖을 수도 있고 돌에 걸려 넘어질 수도 있고 간혹 제 발에 걸려 넘어질 수도 있다. 하지만 낙담하지 않아도 된다.

오히려 잘하고 있다고 격려해주고 싶다. 우리에게 주어진 인생이라는 마라톤을 포기하지 않고 여러 장애물을 뛰어넘으며, 때로는 넘어져도 다시 일어날 준비를 하고 있기에. 또다시 장애물이 나온다고 하더라도 당황하지 않고 완만하게 잘 넘어갈 수 있기에.

쉽지만은 않을 테다.
비탈진 언덕을 한 번 넘어가는 것도 숨이 가쁜데
끝이 보이지 않는 긴 마라톤은 오죽하겠는가.

하지만 우리는 실패라는 값진 경험을 쌓아가는 중이다. 조금 늦어도 괜찮으니 내가 가는 길을 의심하지 않고 계속 나아갔으면 한다. 완주하기 위해 자신만의 길을 달리고 있는 우리는 누구보다도 멋진 사람이니까. 그리고 절대 잊지 않았으면 한다. 결국 원하는 바를 이룰 것이고, 또 당신이 바라는 모습대로 삶을 완주할 수 있다는 것을.

감수성이 풍부하다는 것은

감수성이 풍부한 사람들은 감정 기복이 심할 수 있다. 이들은 하루에도 수십 번 마음의 진동을 경험한다. 아무렇지 않은 얼굴로 잘 지내다가도 뒤돌아서면 우울해하고, 새벽이 찾아오면 자신도 설명하기 힘든 감정에 휩싸인다. 한 번 생각에 잠기면 생각이 꼬리를 물고 늘어져 헤어나오지 못하기도 하며, 지나간 기억에 사로잡혀 앞으로 나아가지 못할 것 같은 불안을 느낀다.

걱정이 지나쳐 눈에 띄게 안절부절못하는 경우도 종종 있다. 그래서 주변 사람들에게 예민하다는 평가를 듣기도 한다.

"참 피곤하게도 산다."

"넌 뭐가 그렇게 힘들어?"

"그렇게 예민해서 어떻게 살아?"

그런 평가가 들려올 때면 자신이 유난스러운 사람이 된 것 같아 더욱 속상해진다. 하지만 사소한 일을 크게 느끼는 것이 무조건 피곤한 일만은 아니며, 오히려 다른 장점도 많이 가지고 있다고 말하고 싶다.

감수성이 풍부한 사람들은 작은 일에 큰 행복을 느끼기도 한다. 감수성이 풍부하다는 것은 예민하다는 뜻도 되지만, 자신에게 지극히 솔직하다는 말이기도 하다. 자신의 감정에 솔직하게 반응하는 것은 흔치 않은 재능이다. 많은 사람들이 부정적인 감정을 직시하는 것을 어려워한다. 그래서 가슴속 깊은 곳에 자리 잡은 우울과 걱정, 불안이 존재하지 않는 사람처럼 행동하다 결정적인 순간에 무너진다. 기분이 좋을 때도, 기분이 안 좋을 때도 회피하지 않고 그때그때 솔직하게 반응하는 것은 건강한 태도다.

우울이 찾아와도 다시 딛고 일어서는 용기를 가진 당신, 다른 사람보다 생각이 많기에 좋은 일에도 나쁜 일에도 의미를 부여하고 그 의미를 사유할 줄 아는 당신, 행복이 찾아왔을 때 행복을 느낄 줄 아는 당신은 대단한 사람이다. 감수성이 풍부한 사람은 그렇다.

울지 않는 어른이 되었지만

언제부턴가 속상한 일이 생겨도 울지 않았다.

"괜찮아, 별일 아니야."

그렇게 말하면서 상처가 생겨도 조금도 아프지 않은 척 했다. 슬플 땐 슬프더라도 그 고통에 집어삼켜지진 않아야 했다. 익숙했다, 내 감정을 억누르는 것이. 슬프다고 울어 버리면 어른이 아닌 것만 같았으니까.

누구나 삶을 돌아보면 정말로 괴로웠다고 기억되는 하루가 있을 것이다. 내게도 그날은 그런 날이었다. 하지만 아무런 내색 없이 평소처럼 사람들과 어울리고 시답잖은

농담을 주고받으며 맞장구를 치고 밥을 먹고 커피를 마시다 회의하고, 그렇게 하루를 보냈다. 내 감정을 더 깊이 파고들며 슬퍼하기엔 나는 현실을 살아야 하는 어른이었다.

터덜터덜 집으로 돌아와 신발을 벗고 손을 씻고 옷을 갈아입었다. 저녁 식사를 차리려고 냉장고 문을 열었는데, 평소에는 기분 좋게 느껴지던 냉기가 그날따라 유난히 추웠다.

찬거리보다 소주와 맥주에 손이 갔다. 반찬도 없이 술병을 식탁에 내려놨지만 결국 마시지 않았다. 이날 내가 할 수 있었던 것은 펑펑 우는 것도, 친구에게 전화를 걸어 하소연을 늘어놓는 것도 아니고 오직 술을 참는 것이 전부였다. 취하면 감당할 수 없는 감정이 밀려올까 봐. 평범하게 스트레스를 받는 날이었다면 집으로 돌아와 맥주 한잔하면서 마음을 달랬을 텐데, 그날은 내 마음이 두려워 도저히 술을 마실 수 없었다.

눈물을 흘린 지가 언젠지 기억이 나지 않는다. 그래서

나는 내가 감정을 잘 다스리는 사람이라고만 생각했다. 울지 않는다는 것이 무척이나 대단하고 성숙한 일인 줄 알았는데, 그래서 이제 나도 번듯한 어른이라고만 생각했는데.

나는 고작 감정에 솔직하지 못한 사람이었다.

새벽 같은 마음

어떤 날은
하루 종일 울고 싶기만 하지.

내가 왜 슬픈지, 이 아픔은 어디서 왔는지
찬찬히 마음을 살펴보고 싶지만
삶이 우리를 다그치잖아.
이곳에 머물러 있지 말라고,
얼른 일어나 앞으로 나아가라고.
그런 날은 더 울적해지지.

부정적인 생각은 끊이질 않고
더 나쁜 방향으로만 뻗어가지.
나는 지금 뭘 위해 하루를 견디고 있을까,
불투명한 내일을 또 어떻게 살아갈까,
이 과정을 통과하면 정말 내가 더 강해질까.

새벽이 찾아오기엔 아직 이른 시간이지만
시간과 상관없이 마음은 항상 새벽과도 같아.
누군가에게 속 시원히 털어놓을 수도 없어서
더 고통스러운 시간.

하지만 가장 두려운 건, 이 고통이
사실 아무런 의미도 없는 게 아닐까 하는 의심.
그럴 땐 눈을 감고, 이 순간이 분명
성숙해지는 과정이라고 되뇔 뿐이야.

나 에 게 건 네 는 위 로

안녕. 요새도 고민이 많지?

그런 것 같네. 지금도 고민하는 것 같은데?

해야 할 일은 쌓여 있는데 정작 손에 잡히지 않고, 막연한 불안감과 걱정만 앞서서 날마다 답답한 한숨만 늘어가지. 요새 잠도 제대로 못 자잖아. 하지만 나는 네가 아직 오지 않은 일을 걱정하느라 이 긴 밤을 내내 뒤척이지 않았으면 좋겠어. 자고 일어나도 네가 걱정하는 것만큼 네 인생이 크게 나빠지지 않을 테니까.

새벽은 언제나 공허하고 적적하지. 불빛이 창밖에서 분주히 반짝이는데도 말이야. 나의 새벽이 더욱 초라하게 느껴져서일까, 이 시간만 되면 자존감이 한없이 추락해. 어떤 날은 뜬눈으로 밤을 지새우고 또 어떤 날은 악몽이 단잠을 덮쳐와 잠에서 쫓겨나듯 깨어나지. 원래 나쁜 기억을 몰고 오는 게 새벽이잖아.

하지만 새벽을 휘젓는 슬픔에 휘말려 자신을 너무 탓하거나 몰아붙이지 않았으면 좋겠어. 누구도 너를 헐뜯을 자격이 없는데 너 역시 스스로에게 모진 말을 던지며 위축되면 안 되겠지? 너는 지금 충분히 잘하니까 금방 괜찮아질 거야. 더 성장할 거고 더 행복해질 거야. 너 부족한 거 하나도 없어. 진심이야.

당장은 별로 와닿지 않겠지만 힘든 시간은 결국 지나가기 마련이더라. 내가 너를 정말 잘 알아서 하는 말인데, 너는 어떤 어려운 상황에 부닥쳐도 잘 견뎌내고 이겨냈잖아. 고통스럽기만 한 그 시간 속에서도 너는 더 날카롭고 단단한 사람으로 변해가고 있던 거야. 그러니 너무 불안해하지

마. 너는 계속 잘해왔고, 어제보다 강해지고 있어.

스스로의 힘으로는 어찌할 수 없는 우울이 닥쳐와 도저히 삶의 이유를 찾지 못할 것 같은 날에는 나를 아껴주고 언제나 내 편이 돼주는 사람들을 생각해보자. 너를 사랑하는 사람이 분명 주변에 있고, 너는 그들의 자랑이니까. 네가 그들에게 얼마나 소중한 사람인지 절대로 잊지 마.

내일은, 앞으로는 더 근사한 사람이 될 거야.

그렇게 믿으며 살아가자, 우리.

아직 오지 않은 일을 걱정하느라
이 긴 밤을 내내 뒤척이지 않았으면 좋겠어.

자고 일어나도 네가 걱정하는 것만큼
네 인생이 크게 나빠지지 않을 테니까.

결국 해내는 사람

결국에는 말이야.
끝까지 노력하는 사람이 더 잘될 거야.
세상에 손쉽게 얻어지는 게 있겠어?

지금 네가 무언가에 몰두하면서
잘하려고, 더 나아지려고 노력하고 있다면
그 노력은 절대 너를 배신하지 않을 거야.

자기 분야에서 성공이라는 쾌거를 이룬 사람들은
하나같이 이렇게 말하지.

"성공의 지름길은 오직 꾸준히 하는 것이다."

그래, 꾸준히.

어떤 순간이 와도 자신을 불신하면 안 돼.

마냥 평범하게 흘러간 것 같은 오늘 하루를 믿자.

변화는 언제나 작은 것에서부터 시작되니까 말이야.

바람을 견디는 나무 이야기

나무 이야기를 하나 해본다.

바람이 세차게 부는 날, 나뭇잎이 우수수 흩날렸다. 끝없이 휘몰아치는 바람에 곧게 뻗은 가지가 부러지고 채 익지도 못한 열매들이 바닥으로 떨어지는데 나무는 덤덤해 보였다.

내가 괜찮냐고 묻자 나무는 괜찮다고 대답했다. 부러진 가지와 바닥에 뭉개진 열매들이 나는 아쉽고 속상했는데, 이상하게도 나무는 정말 괜찮아 보였다.

나는 어떻게 그렇게 태연할 수 있냐고, 몸의 일부가 사라져서 허무하지 않냐고 물었다. 그러자 나무가 대답했다.

“뿌리는 다치지 않았잖아. 처음 강풍을 만났을 땐 당황했지만 이젠 아무렇지도 않아.”

긴 기다림 끝에 피워낸 이파리와 열매가 아깝지 않냐고 물어도, 그래도 나무는 괜찮다고 했다.

“때가 되면 다시 피어나고 맺히는걸.”

강풍이 나무를 흔들 때마다 나무는 자신을 지켜내기 위해 더 깊이 뿌리를 내렸다고 한다. 그런 시간을 반복하자 나무는 결국 이전보다 단단해졌다. 바람이 아무리 자신의 일부를 앗아가도 괜찮다고 말했던 이유는 일부를 잃어도 자신 자체는 지켜냈기 때문이다. 어떤 바람도 땅 안쪽 깊숙이 자리 잡은 나무의 뿌리마저 흔들 수는 없다.

혹독한 환경을 버텨낸 나무는 때가 되면 또다시 새로운 가지를 뻗어 푸른 싹을 틔운다. 어쩌면 이 과정을 계속 반복한다. 그렇게 성장한 나무만이 백 년이 지나도 살아 숨쉴 것이다.

누구에게도
상처받을 필요는 없다

앞으로 어떤 상황이 닥치더라도 이 문장을 마음속에 새겼으면 좋겠다.

'아픔을 쉽게 허락하지 말 것. 누구에게도 상처받을 필요는 없으니까.'

믿었던 사람이 차갑게 돌아서 허무해지는 날도, 누군가 당신의 꿈을 조롱해 전부 포기하고 싶어지는 날도 굳건히 이겨냈으면 좋겠다. 아무도 당신을 상처 입힐 수 없다. 당신에게 상처 줄 수 있는 사람은 오직 당신 자신뿐이다. 타인이 함부로 내던지는 말에 휘둘려 자신을 잃지 않았으면 한다. 당신은 당신이 생각하는 것보다 훨씬 더 강한 사람이다. 그리고 언제나 많은 것이 가능하다, 오직 당신이라는 이유로.

에 필 로 그

세상에 행복을 거절할 사람이 과연 있을까요. 행복한 일을 상상하는 것만으로도 기분이 한결 좋아지는데 말이죠. 하지만 우리는 행복을 너무 거창한 것으로 여기기도 합니다. 행복과 관련해서 제가 겪었던 일화를 들려드리려 합니다.

어느 날 연인에게 "아, 내일은 행복한 일 좀 생겼으면 좋겠다"라며 푸념을 늘어놓았습니다. 특별히 큰 의미를 두고 한 말은 아니었어요. 그냥 무심코 내뱉은 입버릇에 가까운 말이었죠. 그러자 연인이 제게 그러더군요.

"'나중에 행복하겠지' 하면서 오늘을 살아가면 과연 내일은 행복할까? 내일도 어차피 오늘이 될 텐데 말이야."

그 말을 듣고 잠시 생각에 빠졌어요. 그리고 곧 고개를 끄덕였어요. '맞아. 내가 너무 어리석은 생각을 했네. 행복한 오늘이 쌓여 행복한 나날이 만들어지는 건데 말이야.' 행복한 미래를 위해 불행한 오늘을 사는 것만큼 어리석은 일도 없습니다. 결국, 모든 것은 마음가짐의 문제입니다.

손만 뻗으면 닿는 곳에 행복이 놓여 있었는데, 여태껏 그 사실을 모르고 지나쳤던 것 같습니다. 슬픔은 알기 싫다며 손사래를 치면서도 고개 한번 돌려서 쉽게 찾는데 말이에요. 행복은 언제나 내 곁에 머물러 있었습니다. 다만, 내가 찾으려 하지 않아서 몰랐을 뿐입니다. 한 발자국만 내디디면 햇빛이 가득한데, 그걸 미처 모르고 그늘에 가려 살아왔던 것처럼 말이죠.

오늘은 행복한 날입니다. 행복하세요.

행복과 잘 어울리는 당신에게

책을 건네며, 지민석

누구에게도 상처받을 필요는 없다

초판 1쇄 발행 2022년 4월 8일
초판 36쇄 발행 2024년 10월 14일

지은이 지민석

책임편집 한의진
디자인 MALLYBOOK 최윤선, 오미인, 조여름
책임마케팅 김서연, 김예진, 김찬빈, 김소희, 박상은, 이서윤, 최혜연, 노진현, 최지현
마케팅 유인철
경영지원 백선희, 이기경, 권영환
제작 제이오

펴낸이 서현동
펴낸곳 ㈜오팬하우스
출판등록 2024년 5월 16일 제2024-000141호
주소 서울특별시 강남구 테헤란로 419, 11층 (삼성동, 강남파이낸스플라자)
이메일 info@ofh.co.kr

ISBN 979-11-91043-70-9 (03810)

스튜디오오드리는 ㈜오팬하우스의 출판브랜드입니다.